Smartskin

AF216290

und andere Erzählungen

Wolfgang Weist

Impressum

Smartskin und andere Erzählungen erscheint im Eigenverlag.

Alle Rechte liegen bei dem Autor Wolfgang Weist

Menden (Sauerland) 2018

Anschrift und Kontakt

Wolfgang Weist
Kolpingstrasse 8
58706 Menden

ISBN 9 -783746 – 093895

Herstellung und Verlag BoD – Books on Demand, Norderstedt

Tante Ziege

Sie wohnten in einem zweistöckigem Siedlungshaus im obersten Stockwerk.

Unten war der väterliche Laden und das Lager.

Zeitungen, Zigaretten, Tabak, Süßkram, Getränke, Lotto-Toto.

Der kleine Gemüsegarten hinter dem Haus war Papas ganzer Stolz.

Kohlrabi, Radieschen, Porree, Zwiebeln, Möhren,Tomaten, Kartoffeln und Salat, was Papa anbaute, gedieh prächtig in der fetten Erde.

Er hatte dem Filius gezeigt, wie man Erde umgräbt, wie man Wildkräuter von Nutzpflanzen unterscheidet, oder gerade Pflanzenreihen anlegt.

Acht war der Filius und dem Papa zu helfen seine Leidenschaft. Klein, blond und flink wuselte er im Garten herum, zupfte Unerwünschtes aus der Erde, schleppte Wasser von der Regentonne in der Gießkanne und wässerte alles bei Trockenheit.

Regnete es, stand er nach der Schule im Laden, sortierte Zigaretten, Schokoriegel oder Comics ein.

Ab und zu kam die Schwester seines Vaters und

meckerte. Sie meckerte immer, weswegen Papa sie Ziege nannte.

Er hatte sie einmal „Tante Ziege" genannte. Da war sie fürchterlich böse geworden und Papa hatte gelacht.

Sie redete immer von Enthaltsamkeit, von Keuschheit und den Versuchungen, die der Papa irgendwo in seinem Laden versteckt haben sollte.

Kurz vor Pfingsten war es, als sie sagte: „Wenn Du Deinen Papa lieb hast, vergrabe am besten den ganzen Tabak im Garten."

Und als sei ihr das noch eben eingefallen, sagte sie weiter: „Und wenn Du Glück hast, geht der Tabak sogar an und Du kannst im Herbst viel mehr ernten."

Das leuchtete dem Filius ein und er machte sich an die Arbeit.

Die Erde war noch locker.

Hochsommer nannte es der Wettermann im Fernsehen, und dem Filius tropfte der Schweiß von der Stirne.

„Guter Schweiß", wiederholte er Papas Worte wie ein Mantra. Er hatte schon vor Augen, wie Papa sich über die kommende Ernte freuen würde. Zwischen den einzelnen Reihen bohrte er mit einem Dorn in Abständen von zehn Zentimetern ein Loch in den Boden.

„Arbeitsschweiß ist guter Schweiß", sagte Papa immer wenn er Wasserkisten schleppte oder Altpapier zusammen schnürte.

Stock in die Erde, das Loch ein wenig geweitet, die Zigarette mit dem Filter zuerst hineingesteckt, etwas Erde darüber, leicht angedrückt, nächstes Loch.

Eine Packung Zigaretten ergab eine Pflanzreihe in dem zwei Meter breiten Beet.

Eine Stange Zigaretten reichte für ein Viertel des Beetes.

Zwölf Stangen für drei Beete.

Am späten Nachmittag war der Filius fertig mit der Arbeit. In jeder Reihe steckte, wie es Papa ihm gezeigt hatte, eine leere Zigarettenpackung, aufgespießt auf ein Stöckchen. Schließlich sollte jeder wissen, welche Sorte da wachsen würde.

Abschließend wässerte er alle drei Beete und freute sich ein Loch in den Bauch.

Am nächsten Tag fuhren Papa und Filius gemeinsam für ein langes Wochenende an die See. Das Wetter war bundesweit optimal. Tagsüber warm bis heiß, abends kleinere Gewitter mit erfrischendem Regen.

Als sie Montag Abend zu Hause ankamen, wartete die Tante schon vor der Tür.

„Und? Alles verjubelt?"

Dabei funkelten ihre Augen boshaft. Kurzurlaub war etwas, was nur dekadente Menschen machten.

„Was willst Du", frage Papa kurz angebunden.

„Hab nichts mehr zu trinken."

Also schloss Papa den Laden auf und ging durch, der Filius hinterher, während die Tante sich zwei Flaschen Wasser aus einem Regal griff und dann Geld in das Schälchen auf dem Tresen legte.

Papa wollte eigentlich gleich die Treppe hoch in die Wohnung, stutzte aber an der ersten Stufe. In dem Moment wusste Filius, dass etwas nicht in Ordnung war.

Papa blickte zur Tür, die in den Garten führte. Dann dauerte es noch einen kleinen Moment, bis er sich in Bewegung setzte. Filius bekam Herzklopfen als er Papa sah, wie er da im Türrahmen stand.

Es waren die, plötzlich hängenden Schultern und der kleine, halt suchende Griff an den Rahmen. Papa hatte erkannt, dass etwas anders war und es war nicht gut.

Wortlos ging er die Stufen auf den Kies herunter. Alle Pflanzen waren tot oder sehr nah am Lebensende. Ein metallisch, scharfer Geruch lag in der Luft.

Er stapfte ins erste Beet, rupfte die leeren Zigarettenschachteln am Stock aus der Erde und schaute seinen Sohn an, der noch auf der Treppe stand.

Der Blick stieg höher, über den Sohn hinweg und blieb an seiner Schwester, die immer näher kam, hängen.

Sie stellte sich hinter den Jungen, blickte triumphierend zurück und lachte gemein.

Tante Ziege.

Scherentanz

Der Hausflur erinnert an Siedlungshäuser. Mariechen, meine Oma väterlicherseits, hat in so einem Haus gewohnt. Diese typisch grauen, graugelben, quadratischen Fliesen auf dem Boden, dunkles Holz, parfümierte Kühle.

Ein Zettel an der, vor Jahren weißlackierten, Eingangstür klärt darüber auf, dass die Chefin nur noch Freitags und Samstags arbeitet.

Heute ist Freitag. Prima.

Zwei alte Damen sitzen unter der Haube, damit ist der Laden auch schon voll. Ich soll in einer halben Stunde wiederkommen. Kein Problem.

Als ich zurückkehre, werden die beiden Damen immer noch bedient, und im Wartebereich mit den zwei Stühlen sitzt eine etwas jüngere Frau vor einem kleinen, von Zeitungen und Zeitschriften überquellenden Tisch.

Ich hänge meine Jacke über einen schweren Kleiderbügel massiven Messings und nehme Platz. Der ganze Laden ist kleiner als meine Küche. Ein Waschtisch, zwei Trockenhauben, drei Plätze mit Spiegeln. Es gibt keine speziellen Frisierstühle. Massive Bürostühle auf Rollen, für die

Bearbeitung der Sitzries*innen gibt es ein Fußbänkchen.

Sie wechselt mit sicheren Handgriffe zwischen den beiden Damen hin und her. Hier ein wenig Schaum auftragen und einmassieren, da das Netz über den Lockenwicklern gerade rücken. Sie entschuldigt sich bei der Frau mir gegenüber, weil sie warten muss, da ich eher da war und fragt uns unvermittelt, ob wir einen Kaffee möchten.

Wir möchten beide. Erneute Entschuldigung, dass sie keine Tassen habe und schüttet den Kaffee in zwei Limo-Gläser aus einer alten Thermoskanne. Dann hält sie uns einen Joghurteimer, gefüllt mit fast weißen Muffins hin. Das vornehm blasse Küchlein ist lecker. Ich weiß nur nicht, wo ich das Kaffeeglas abstellen soll, da wegen der vielen Zeitschriften kein Platz mehr auf dem Tischen ist. Mein Gegenüber hat die gleichen Probleme. Sie balanciert ihr Glas auf einer 'Bild der Frau' aus. Ich entscheide mich für das 'Goldene Blatt' als Untergrund. Als hätte sich der Verdunstungsfaktor durch die zwei Kaffeegläser potenziert, ist das einzige, zweiflügelige Fenster von jetzt auf gleich komplett beschlagen. Die verbleibende Luft im Raum wirkt ein wenig klatschig.

"So. Sie kommen gleich...nein, denk an die Logistik", verbessert sie sich. "Farbe wie immer", fragt sie die Dame ohne Lockenwickler. Diese nickt und bekommt sofort etwas Schaumiges in die Haare einmassiert.

Sie ist flink, bewegt sich fließend zwischen beiden Kundinnen hin und her. Manchmal wirkt es wie ein Tanz. Ausfallschritt, in der Bewegung stoppen, auf den Fersen drehen, halbe Pirouette, Beugung des Oberkörpers, anschließende Dehnung des Rückens. Tanzende Shiva, in jedem deiner sechs Arme Kamm, Bürste, Schere, Föhn, Lockenwickler, Klammern.

Ihre dunkelrote Haare fliegen, der Blick konzentriert, die roten Lippen leicht geöffnet. Es gibt keine Musik in der guten Stube. Die Melodie ist in ihr. Sie wirkt wie ein junges Mädchen, dann wie eine alte, ernste Frau. In ihrem kleinen Salon ist sie die Königin. Queen of scissors. Schaut meine Welt.

Behutsam, nachdem sie der Frau mit Farbe das Netz aufgelegt hat, schraubt sie die alte Dame aus dem Stuhl, dreht sie in Richtung des anderen Stuhls mit der Trockenhaube, heißt sie sitzen, liefert sofort eine Illustrierte und eine Glas Kaffee, passt die Höhe der Haube an, drückt den Startknopf und dreht sich zu mir.

"Kommen Sie?"

Zwei Schritte, und die Entfernung Wartebereich - Frisierstuhl ist zurückgelegt.

Noch während der Haarschutzumhang, wie ein Fallschirm nach Erdberührung, über mir zusammensackt, fragt sie: "Wie soll es denn sein?"

"Kurz. Nicht fünf Millimeter, aber kurz. Mit richtiger Frisur."

Mit einer Hand noch den Klettverschluss des Umhangs in meinem Nacken schließend, kramt sie mit der anderen Hand ein großes Buch der Frisuren aus einem Regal hervor, blättert kurz, murmelt: "Da war doch...", klappt das Buch wieder zu und schaut mich mit ihren dunklen Augen intensiv an.

"Vertrauen Sie mir?"

"Ich hab viel Gutes über Sie gehört, auch wenn ich noch nie hier war."

"Ich mach ja nur noch Freitags und Samstags. Ich bin jetzt in dem segensreichen Zustand von Pensionärinnen. Mit 62 wär ich schön blöd, wenn nicht. Aber zwei Tage die Woche 450,- €

Zuverdienst zur Rente? Da hab ich Spaß dran. Ich arbeite gerne. Und?"

Wieder die dunklen, großen Augen, diesmal ganz nah. Ich blinzle etwas verunsichert.

"Und was?"

"Vertrauen Sie mir?"

"Ja. Solange Ihnen kein drei Millimeter Stoppelschnitt durch den Sinn geht."

"Mögen Sie Ausrasiertes", fragt sie erstaunt. "Ich finde, dass sieht immer so aus wie Nazifrisuren. Hua." Sie schüttelt sich.

"Bitte keine HJ-Frisur."

Ich weiß nicht, ob meine Bitte bei ihr angekommen ist, da ihr Schütteln nahtlos in den Zustand des Scherentanzes gleitet und jede Antwort am Klingengeklapper und Kammgeratsche zurückprallt.

Flüchtlinge, Bürgermeister, Innenstadt, Parkhaus. Sie spricht, während sie tanzt und klappert und den Damen Kaffee nachschenkt. Mich erreichen nur Wortfetzen. Die Kopfhaut zieht sich wohlig zusammen. Es schauert in der Wirbelsäule.

Ich mag das scharfe Knirschen beim Schnitt der Haarsträhnen, das typische Geräusch, wenn Klinge und Kamm zusammentreffen. Die geführte

Schere zwischen Schläfe und Ohr erzeugt das spannende Gefühl einer möglichen Verletzung. Das Ausrasieren des Nackens ist eher vibrierend wohlig, das Schneiden und Auskämmen der unteren Wolle befreiend.

"Die auch?"

Sie zeigt mit der Scherenspitze auf meine Augenbrauen. Sehr aufmerksam. Die letzten Jahre war es immer nur mit vehementem Druck möglich, die anderen Frisör*innen von ihrer Augenbrauentrimmwut abzuhalten.

"Die bitte nicht."

"Wie Sie wünschen, Herr Waigel."

Die Schere verschwindet vor meinen Augen.

"Mögen Sie duftiges Haarwasser?"

Ich nicke, und fast sofort wird es kalt auf dem Kopf. Zehn starke Finger kneten, knubbeln und rubbeln meine Kopfhaut. Schnell schließe ich die Augen, und die dadurch entstehenden, inneren Blitze zu genießen. Viel zu kurze Momente des Wohlbefindens.

Nach dem Gerubbel wird gekämmt, dann hält sie mir einen runden Spiegel vor den Hinterkopf.

"So recht?"

Kurze Haare, trotzdem ein Frisur, die mit fünf gespreizten Fingern in Form gelegt werden kann.

"Super. Danke."

Der Umhang fällt, die letzten Härchen werden abgebürstet, ein letzter Schluck kalten Kaffee aus dem Glas.

Das war´s.

Der Tod hat keinen Schatten

„Tod! Wo ist Dein Schatten?"

So schallte es von der Mauer der Kirche.

Da saßen drei Racker und höhnten: „Der Tod hat keinen Schatten. Der Tod hat keinen Schatten."

Sie schlugen im Takt ihres Gebrülls mit den Fersen gegen die alten Steine und wippten mit dem Oberkörper.

Der Tod stand schweigend, die Sonne im Rücken.

Sie schien ihn nicht zu durchleuchten, eher führte das Licht um ihn herum.

„Wieso können die mich sehen", murmelte er.

„Sonst sehen mich nur die, die ich hole."

„Aber Du holst sie doch", klang es hell und leise an seinem Ohr.

Vor lauter Schreck sog der Tod die Luft ein und gleichzeitig alle Lebensenergie der drei Racker, die umgehend leblos von der Mauer fielen.

„Siehst Du." Eine junge Stimme kicherte.

Der Tod drehte sich und erblickte ein Kind.

„Wer bist Du. Und wieso kannst Du mich sehen?" Der Tod runzelte die Stirn. Kein schöner Anblick.

„Ich hab Dich gesucht. Seit einem halben Jahr suche ich Dich."

„Unsinn. Ein Kind in Deinem Alter sucht nicht den Tod."

„Nein. Aber den Vater." Die Stimme des Kindes wurde leise.

„Was?"

„Der die Mutter vor einem halben Jahr geholt hat."

„Was ist das für ein Unsinn."

„Die immer gesagt hat: Dein Vater ist der Tod." Die Kinderstimme zitterte, als es noch leiser weitersprach.

„Den ich jetzt gefunden habe."

„Ich kann keine Kinder zeugen."

Aber das Kind sprach unbeirrt weiter.

„Du hast, so erzählte meine Mutter, den Mann, mit dem sie schlief als ich gezeugt wurde, im Akt, so sagte sie, geholt. Plötzlich hätten sie andere Augen angeschaut. Deine Augen. Da hätte sie es gewusst. Du bist der Vater."

„Aber ich kann keine Kinder zeugen", wiederholte sich der Tod verwirrt.

„Ich bin der Tod."

Das Kind kam näher, schaute durch das amorphe Gewaber direkt hinter die Verschleierung tödlichen Seins. Etwas geschah, was seit Äonen nicht geschehen war. Der Tod wurde unsicher. Er erinnerte sich, wie er in den beischlafenden, zukünftigen Vater gefahren war.

„Wenn die Zeit reif ist, gibt es kein früher oder später oder einen Moment noch", stand in den Ausbildungsunterlagen für den Tod.

Des zukünftigen Vaters großer Tod kam mit seinem kleinen Tod, wie die Italiener den Orgasmus so schön bezeichnen.

Er hatte sie angesehen, während ihr Liebhaber ejakulierend starb, und sie hatte zurückgeblickt. War da wirklich ein kurzer Moment des Erkennens in ihr?

War etwas von ihm auf das Ejakulat übergegangen?

„Du bist mein Vater", wisperte das Kind, „und das weißt Du auch."

Das Kind spielte auf den Zeitpunkt an, an dem er die Mutter geholt hatte, das wusste der Tod. Auch daran erinnerte er sich jetzt.

Es war in einem Krankenzimmer, irgendwo in seinem Abschnitt. Da hatte sie krank gelegen und an ihrem Bett hatte das Kind gesessen und ihm zugewunken. Ihm, dem Tod. Das hatte er während seiner Arbeit registriert. Schon sehr unüblich. Normalerweise spürte die Umgebung nur eine gespannte Aufmerksamkeit und diesen kalten Hauch, den er immer bei sich trug. Sichtbar war er nur für die, die er holte.

Dieses Kind konnte ihn sehen.

Das hatte ihn eine Zeitlang beschäftigt, aber dann kam wieder eine dieser Grippewellen, er hatte echt viel zu tun und es vergessen.

„Ich bleibe bei Dir. Du bist mein Vater."

Der Tod sagte nichts. Er schaute das Kind nur an. Etwas war zwischen den beiden, das spürte er, und das verunsicherte ihn noch mehr. Spüren? Seit wann spürt der Tod etwas?

Der nächste Auftrag rief, und umgehend stand der Tod an anderer Stelle in seinem Abschnitt vor dem noch Lebenden. Dann stand da auch das Kind.

„Ich bleibe bei Dir", sagte das Kind. „Du bist mein Vater."

„Wie machst Du das", staunte der Tod, während der Lebende starb.

„Kannst Du es nicht sehen? Die Verbindung zwischen uns?"

Doch. Der Tod hatte die Verbindung gesehen, wollte sie aber nicht wahr haben. Die gleiche Verbindung hatte er mit seinen Arbeitskollegen. Eine ganz feine, transparente Linie reinster Energie, die sie miteinander verband.

„Wie soll das gehen?" Der Tod schaute das Kind an. „Ich hab keine Zeit, mich um Dich zu kümmern."

„Aber Du bist mein Vater."

Die Stimme des Kindes klang jetzt fest.

„Der mir alles zeigen wird. Der mich versorgt. Ich bin doch noch ein Kind. Dein Kind."

Wieder ein Auftrag, eigentlich drei, ganz kurz hintereinander, an weit entfernten Punkten seines Abschnitts. Jedes mal stand das Kind neben ihm und schaute ihm interessiert bei der Arbeit zu.

„Ich möchte Dich überall hin begleiten. Mir gefällt, was Du machst."

„Hm", grantelte der Tod. Er machte nicht gerne viele Worte. Außerdem kam gerade ein größerer Einsatz, mit vielen Sterbenden gleichzeitig, herein. Für den Tod kein Problem, da er die Möglichkeit hatte, maximal 250 Tode gleichzeitig zu generieren. Sollte das nicht ausreichen, gab es die Möglichkeit, Zeit zu verdichten. Eine Menschensekunde war dann für den Tod, je nach seinem Bedürfnis, eine Stunde bis drei Tage lang. Da konnte man eine Menge schaffen.

Er teilte sich. Fünfundzwanzig Mal für ein kleines Erdbeben, zwölf mal für eine Gasexplosion in einer Innenstadt. Kein Kind war zu sehen. Er machte an zwei Orten gleichzeitig seine Arbeit. Als er fertig war und sich komplettierte, stand das Kind vor ihm und weinte bitterlich.

„Wo warst Du? Ich konnte Dich nicht finden. Unsere Verbindung war auf einmal so schwach, da, konnte ich nicht folgen." Dicke Tränen rollten seine Wange hinab, aus der Nase lief Rotz.

„Ich dachte, ich hätte Dich für immer verloren. Dass Du nichts von mir wissen willst."

Das Kind stürzte vorwärts und umarmte heftig das

amorphe Gewaber, während es immer wieder: "Mach das nienienie wieder" sagte.

Der Tod bekam ein schrecklich schlechtes Gewissen. Er hatte sich schon gedacht, dass das Kind ihm beim Splitten nicht würde folgen können, aber er hatte nicht mit der Reaktion des Kindes gerechnet. Er wollte nicht, dass das Kind weinte. Er wollte, dass es ihm gut ging. Sein Weinen tat ihm weh. Ihm, dem Tod taten Tränen weh.

Milliarden von Hektolitern Tränenflüssigkeit waren schon vor ihm her geflossen. Verzweifelte Mütter, Väter, Kinder, alle hatten sie schon vor ihm geweint. Nicht eine Träne hatte ihn je berührt. Aber jetzt fühlte er sich schlecht, die Tränen des Kindes schmerzten ihn, rissen etwas auf in ihm, was er bis dahin nicht kannte.

„Ist ja gut, ist ja gut", wiederholte der Tod immer wieder, während er hilflos den Kopf des Kindes streichelte. Er war durcheinander, unsicher, sorgte sich. Alles keine Attribute, die er mit sich und seinesgleichen verband.

Ein neuer Auftrag, und noch während das Kind ihn umarmte und er es streichelte, erschienen beide in einem Hospiz, und der Tod machte seine

Arbeit.

So ging das eine ganze Weile. Der Tod arbeitete, das Kind begleitete ihn.

War das Kind müde, suchte es Schutz unter der Achsel des Todes, kuschelte sich in das amorphe Gewaber und wich ihm ansonsten kaum mehr von der Seite.

Manchmal blieb es zurück um zu essen, fand aber immer wieder den Anschluss an seinen Vater. Vor dem Splitten hatte es auch keine Angst mehr. Wenn Vater viele wurde, blieb es ganz ruhig, versuchte vielmehr, die Vorgehensweise zum Splitten zu erlernen.

„Dazu fehlt Dir noch die Kraft", sagte der Tod eines Abends, als das Kind wütend nach kleinen Steinen trat, weil es ihm wieder misslungen war. „Die kommt, wenn Du älter bist."

„Ich will es aber jetzt machen", schmollte das Kind. „Jetzt. Sofort."

Da huschte ein Lächeln über das Gesicht des Todes. Das erste Lächeln seit Amtsantritt. Das fühlte sich gut an.

Ganz hinten, ganz fein und fast unbemerkt in dem tödlichen Gewaber, hatte sich das Glück eine kleine Ecke erobert.

Die Tage gingen ins Land, der Jahreswechsel stand unmittelbar bevor.

Der Jahreswechsel ist für den Tod so ähnlich, wie Kurzurlaub für Menschen. Zwei Sekunden werden auf ein Maximum verdichtet und alle Tode dieser Welt treffen sich für knapp eine Woche im Death Valley. Das Powwow des Todes.

Der Tod war aufgeregt. Wie würden seine Arbeitskolleg*innen auf sein Kind reagieren. Aufregung. Auch so etwas, was es vor dem Kind nicht gegeben hatte.

Das letzte Leben des alten Jahres wurde genommen, dann ging es in den Urlaub.

Sie standen in der Mojawe-Wüste und alle Arbeitskolleg*innen schauten die beiden, Vater und Sohn, an.

Alle grüßten, manche applaudierten höflich, andere frenetisch, der Tod ist individuell.

„Wo sind denn Deine Kollegen", fragte das Kind.

„Kannst Du sie nicht sehen", fragte der Tod zurück. Das Kind schüttelte den Kopf.

„Ich sehe, wie die Luft flimmert, wabert, wie bei großer Hitze, aber ich sehe niemanden."

Die Kolleg*innen kamen näher.

„Ist es jetzt besser?"

„Nein. Es wird eisiger. Mich schauert."

Sofort wies der Tod seine Kolleg*innen an, einen Schritt zurückzutreten.

„Besser," fragte der Tod besorgt.

„Etwas. Aber ich hab Angst. Können wir nicht woanders hin?"

„Äh." Der Tod wollte etwas sagen, aber als er die angst geweiteten Augen des Kindes sah, verstummte er, legte schützend einen Arm um es, und beide verschwanden aus der Versammlung.

„Wie lange hast Du Urlaub, Papa?"

„Jetzt noch sechs Tage, und den Rest von heute."

„Kannst Du mir in der Zeit die Welt zeigen?

„Die ganze?"

„So viel, wie geht."

So reisten sie, sicher aufgehoben in der Bewegungslosigkeit der Menschen, schauten Landschaften, Wüsten, Berge, Dschungel, Vulkane, Gletscher, Meere und Menschengemachtes. Er zeigte seinem Kind die Stahlkuppel von Tschernobyl, die Pyramiden, Tempelanlagen, den Eiffelturm, und ehe sie sich versahen, waren die sechs Tage vorbei.

Es waren die besten sechs Tage des Todes überhaupt. Einen halben Tag hatten sie noch.

„Und jetzt zeig ich Dir die ganze Welt," sagte der Tod geheimnisvoll.

Überall, wo Menschen sind, ist der Tod nicht weit entfernt, selbst auf einer Raumstation, die die Erde umkreist.

Sie erschienen auf der ISS, inmitten von still schwebenden Menschen und verlangsamten Maschinen.

„Die Welt", sagte der Tod und zeigte aus dem Aussichtsfenster. Juchzend kraulte das Kind durch die Schwerelosigkeit Richtung Scheibe und presste seine Nase ganz dicht an das Glas.

Da schwebte die Erde in ihrer majestätischen Schönheit.

Lange Zeit hörte der Tod das Kind nur atmen, dann ein ganz leise: "Danke."

Das Kind löste sich von der Scheibe und umarmte seinen Vater ganz feste.

Der Tod räusperte sich. „Gleich muss ich wieder zur Arbeit."

Zum ersten Mal fühlte er ein leises Bedauern. Viel lieber würde er jetzt noch Zeit nur mit seinem Kind verbringen, aber das verbat sich von selbst.

Ohne Zeitverzögerung standen sie auf einer Autobahn, vor sich ineinander verkeilte, brennende Autos, ein Reisebus und ein LKW.

Das Kind wartete auf der linken Spur, während der Tod an sein Werk ging.

Was dann geschah, sollte später ein eigenes Kapitel - Arbeit und Emotion - in den Ausbildungsvorschriften bekommen.

Noch war die Zeit verdichtet, als der Tod mit seiner Arbeit begann. Das Kind schaute fasziniert in die Flammen. Sie flackerten nicht. Sie standen, wie gemalt, über dem Unfallort, und dann ging alles rasend schnell.

Die Zeit wurde wieder normal, die Flammen flackerten, der nachfolgende Verkehr nahm sein volles Tempo wieder auf.

Der Tod bearbeitete gerade seinen letzten Klienten, als er sein Kind rufen hörte: „Ich kann einen Deiner Kollegen sehen, Papa."

Dann flog der kleine Körper, von einem Auto, das in die Unfallstelle raste, erfasst, durch die Luft und schlug mit einem schrecklichen Geräusch und zerschmetterten Gliedern neben dem Tod auf.

Der spürte, wie das Band zerrissen wurde. Er ließ den letzten Klienten halbtot liegen, wandte sich dem Kind zu und stieß einen Schrei aus, als er das Ausmaß des Unfalls erkannte. Sein Kind war tot.

Er schrie und schrie und schrie und in einem Umkreis von dreißig Kilometern starb alles Leben auf der Erde. Dann nahm er den toten Körper in seine Arme und versuchte erfolglos, das Blut abzuwischen. Das Schreien war einem Wimmern gewichen, dem ein Heulen folgte. Jetzt fielen auch die Vögel tot vom Himmel. Der Tod lernte den Schmerz kennen, den er sonst Angehörigen seiner Klienten brachte.

Die Kollegen eilten herbei und verhinderten Schlimmeres, indem sie ihn abschirmten. Zwei Kollegen aus der Nachbarschaft teilten seinen Abschnitt unter sich auf, da er eingehende Aufträge völlig ignorierte.

Er schaukelte sein totes Kind in seinen Armen, während seine Mitstreiter um sie herumstanden und peinlich berührt wirkten.

Sie verstanden nichts von Schmerz, von Liebe und Glück, von Bindungen. Sie verstanden nicht, was ihrem Kollegen da gerade widerfuhr. Sie konnten nur Leben nehmen und waren bemüht, seine tödlichen Trauer einzudämmen.

Der Tod erhob sich, den leblosen Körper tragend, blind vor Schmerz, und verschwand.

Er wollte sterben, aber so etwas ist dem Tod nicht

gegönnt.

Er fand ein Fleckchen Erde, das für Menschen sehr unzugänglich ist. Dort begrub er sein Kind und wacht bis heute an seinem Grab.

Glaubensviertel

Hilfe, dachte er. Einer von den Zeugen Jehovas, mit Hut, Regenschirm und Heftchen vor dem Schmerbauch, hat mich freundlich nickend angegrüßt, und ich hab freundlich zurück gegrüßt. Er kratzte sich an den Rippen. Das tätowierte Pentagramm mit der apokalyptischen 666 im Zentrum juckte, auch, wenn es schon Jahre alt war. Wenn ich meine Seite an ihm reibe, wird einer von uns beiden in Flammen stehen, dachte er weiter und machte zur Sicherheit unter dem

Tisch das Zeichen des Horns.

"Zahlen bitte", rief er dem evangelischen Kellner zu. Das Café "Zum lachenden Lutheraner" verkaufte einen guten Kaffee, und die katholischen Brötchen - Fleisch versteckt im Blätterteig - schmeckten auch außerhalb der Fastenzeit. Gegenüber des Cafés verkauften die Scientologen ihre Hubbard-Kringel. Aber diese aufgepeppten Wurstriegel schmeckten ihm nicht. Auf der Verkehrsinsel, wo sonst ein Polizist den Verkehr regelte, macht sich ein tanzender Derwisch bereit für sein dreh förmiges Gebet. Beim letzten Mal hatte es zwei Auffahrunfälle gegeben, weil niemand mehr wusste, wann gefahren werden konnte.

Der kleine Buddhist, der einen Stockwerk über ihm wohnte, verhandelte rotgesichtig mit Elvira, der Priesterin aus dem Tempel der heiligen Vulva. An ihrer Haltung erkannte er, dass sie freundlich, aber eisern dem kleinen Kugelbauch einen Rabatt verweigerte.

Hare-Hare, Rama-Rama, schallte es aus einem geöffneten Fenster der Krishna-Muttis. während Zimbeln und Trommeln aus einer Seitenstraße den Umzug der Hinduisten ankündigte. Einige von ihnen konkurrierten heftig mit brasilianischen Katholiken. Die wurden jedes Jahr mit immer den gleichen, silbernen Nägeln ans Kreuz geschlagen, während sich einige der Hinduisten Fleischerhaken und/oder Eisenstangen durch Wange oder Brustfleisch stachen. Er fühlte sich wohl, hier in dem Viertel des Glaubens, und gleich, in der schwarzen Messe, würde er besonders inbrünstig das Vater-Unser rückwärts rezitieren.

Hospiz

Er hatte ein gutes Leben gehabt. Ein langes Leben. Aber jetzt war es vorbei. Er wollte dieses Leben nicht mehr. Ein anderes als seines stand nicht zur Verfügung. Alternativen sah er nicht. Sein Platz im Hospiz war bestellt, und noch während er "das Haus des friedlichen Abgangs" betrat, ließ alles, was er die letzten Jahre zusammengehalten hatte, langsam los.

Die Muskeln erschlafften, die Sehnen verloren ihre Spannung, der Rücken krümmte sich. Schritt für Schritt wurde sein Knochenbau poröser, seine Organfunktionen begannen zu stottern.

Als er zitternd vor dem Tresen der Rezeption stand, kam sofort ein Pfleger und fing ihn mit einem Rollstuhl auf. Seine ärztlichen Unterlagen waren schon Wochen zuvor eingereicht worden, ebenso sein Wunsch, möglichst ungestört und ohne Begleitung sterben zu können.

Er wurde in sein Zimmer gerollt, ein Pflegepärchen half ihm ins Bett, Getränke und weiches Naschzeug in seinen Nachtschrank eingeräumt. Dann ließ man ihn allein, schaute lediglich alle Stunde tagsüber und einmal in der Nacht, wie vereinbart, nach seinem Befinden.

Sein Körper verfiel zusehend. Er aß und trank nicht mehr. Den stündlichen, diskreten Besuch registrierte er kaum. Sein Geist war an seinem Körper nicht mehr interessiert. Er hatte Besseres zu tun.

Da war so viel Vergangenheit, so viel Erlebtes, das es zu erinnern galt. In der ersten Nacht kam er kurz in seinen Körper zurück, füllte mit Hilfe der Schwester die Ente halbvoll, dann schlief er ein wenig.

Am frühen Morgen wurde er von der Sonne geweckt, was ihm gefiel. Eine warme Berührung. Sie reichte aus, seinen Geist wieder in Schwung zu bringen. Er war entzückt, wie umfangreich sein Leben gewesen war, durch das er bis tief in die nächste Nacht eher gemächlich, dafür um so intensiver schlenderte.

Plötzlich riss es ihn zurück. Brutal. Überflüssig. Unnötig. "Tschuldige, Meister. Ich will bloß ungestört eine rauchen, ein bisschen Musik hören, Zeitung lesen und Kaffee trinken. Dauert nicht lange."

Es wurde dunkel hinter seinen Augen. Eine langsame, lebendige Dunkelheit, die sich da bildete. Sie war zornig. So zornig.

Sie war Teil seines Geistes. Der Teil, den er noch nicht angerührt hatte.

Er sah von der Decke herab, was ihn anfangs noch amüsierte, aber als er langsam tiefer sank, ahnte er mit ungutem Gefühl, was sein Geist im Sinn hatte. Er sank tiefer, unsichtbar für den Frevler, dessen Plärren aus seinen Ohren quoll.

Er sah den Kopf näher kommen, spürte, wie sich seine Hände um den Schädel legten. Als wären seine Fingerkuppen chirurgische Laser, durchtrennten sie sanft den oberen Schädelknochen und hoben die Platte vorsichtig ab. Das Gehirn des Frevlers lag vor ihm. Seine unsichtbaren Finger glitten von oben in das Schädelinnere. Sie tasteten sich langsam vor, umfassten beidseitig das graue Fleisch und pflückte es mit einer schnellen Drehung, wie eine reife Frucht vom Ast, von dem Ende der Wirbelsäule.

Dann holte er das Gehirn heraus und schaute es an. Er wusste nicht wie, aber er fühlte eine Übertragung von Energie, die von den Windungen auf ihn überging.

Die Musik plärrte immer weiter.

Die Energie wurde schwächer und ebbte schließlich ganz ab. Mit gleicher Vorsicht legte er das Fleisch zurück an seinen Platz, nahm den Deckel und versiegelte den Knochen, auch wieder mit seinen Fingerkuppen.

Dann schwebte er zurück zur Decke in eine zufriedene Dunkelheit.

Der Frevler drückte die Kippe an seiner Schuhsohle aus, faltete die Zeitung zusammen, hob die Tasse von Fußboden auf, ging auf den Flur und brach dort zusammen. Zwar stand die Zimmertür noch auf, aber das störte den sterbenden Körper des alten Mannes nicht mehr. Sein Geist hatte sich so weit in die Unendlichkeit hinausgewagt, dass es kein Zurück mehr gab.

Die Mutprobe

Er hatte die Mutprobe bestanden, deswegen gehörte er zu unserer Bande.
Es gab ein paar Kinder im Dorf, die nicht zur Bande gehörten. Die hatten gesagt, Mutproben seien doof, sie müssten nichts beweisen.
Das mochte ja stimmen, aber ohne wurde niemand in die Bande aufgenommen.
Er war besonders. Er besaß mindestens eine zusätzliche Welt hinter seinen Augen, in die er, mit Worten und Gedanken, mal mehr, mal weniger involviert war.
Das hinderte ihn aber nicht, die Fragen der Lehrerin immer korrekt zu beantworten.
Er war der Einzige, der seinen Finger heben durfte, nachdem ihn die Lehrerin angesprochen hatte und damit ausdrückte: Moment. Ich muß hier eben kurz noch was klären, und die Lehrerin

geduldig wartete, bis er in seiner anderen Welt
fertig war. Das dauerte nie länger als eine Minute,
und immer wusste er die richtige Antwort.
Ich denke, er steckte fest zwischen zwei Welten.
Das Leben hier, auf unserer Seite, erledigte er
beiläufig und sichtbar unangestrengt.
Zugegeben: die Mutprobe war gemein.
Wenn er durch das Dorf spazierte, wenn er sich
auf unserem Hof zwischen Hühnern, Schweinen,
Ziegen oder dem Hund hin und her bewegte,
geschah etwas Ungewöhnliches mit den Tieren.
Sie zeigten Angst. Sie wichen ihm aus, duckten
sich, gingen rückwärts, als stünde hinter dem
kleinen Menschen ein Riese, ein Ungeheuer,
etwas, dass sie fürchten mussten, und selbst
unser Rottweiler Jimmi winselte, klemmte den
Schwanz zwischen die Beine und verkroch sich.
Unsere Wahl für die Mutprobe fiel auf Otto.
Otto war der wildeste Stier im Dorf.
Es war uns Kindern streng verboten, Otto in
seinem engen Gatter zu besuchen. Frei auf der
Weide durfte Otto schon lange nicht mehr laufen.
Nach seinem letzten Angriff, bei dem ein Trecker
inclusive Heuwagen geschrottet wurden, hatte die
Bauernschaft beschlossen, Otto wegzusperren und
ihn bald zum Abdecker zu bringen.
Eine Minute auf seinem Rücken, so lautete die
Aufgabe.
Als wir es ihm erklärten, saß er auf dem
Kirchplatz, eine Hand an der großen Kastanie und
führte einen Diskurs mit seinen inneren
Gesprächspartnern, dem Baum oder beides

zusammen.

"Moment", sagte er, meinte aber nicht uns, sondern den Baum oder seine Phantasie.

Er dreht sein Gesicht halb zu uns, schaute uns aber nicht an. Er schaute uns nie direkt an.

Wir erklärten ihm den Sachverhalt, er hörte zu, nickte und sagte: "Ist gut."

Dann wandte er sich wieder der Kastanie und seinen imaginären Partnern zu, horchte, nickte, um mit einem wichtig klingenden: "Ich muß los" von der Bank aufzustehen und sich uns anzuschließen.

Er war etwas kleiner als ich, zierlicher, und mir war mulmig. In meiner Phantasie sah ich, wie Otto ihn an den Gittern zerquetschte, wie er mit seinen Hufen, groß wie Brotkörbe auf ihm herumtrampelte.

"Du kletterst auf seinen Rücken, bleibst eine Minute sitzen, runter, fertig."

Er nickte, im Gegensatz zu uns völlig unaufgeregt. Schon aus der Ferne hörte wir Ottos Schnauben und Grollen. Zwischendurch ein helles, metallisches Klirren, wenn sein massiver Nasenring gegen das Gitter knallte.

Je näher wir kamen, desto dicker wurde der Kloß in meinem Hals.

Als wir an der Box standen, tobte Otto. Er röhrte und scharrte, aus Maul und Nase spritzte Schaum. Die Eisenstreben ächzten und knallten, wenn er sich gegen sie warf.

Ihn schien das alles nicht zu berühren. Er kletterte ungeübt das bebende Gitter hoch und zu unserem Entsetzen - wir alle schrieen los - an der Innenseite wieder herunter.

Die blutunterlaufenen Augen des Stieres fixierten ihn.

"Komm da raus! Komm da raus!"

Wir brüllten und flehten, aber er reagierte nicht. Er stand ganz ruhig. Sein Kopf reichte gerade bis zum Oberschenkel des Stieres, und als er eine Hand auf das schaumverschmierte Fell legte, zitterten Ottos Flanken heftig.

Wir hielten den Atmen an. Ein kurzer Schwenker mit dem Kopf hätte ausgereicht, ihn wie ein gekochtes Ei durch die Gitter zu drücken.

Aber nichts passierte.

Er krallte mit der linken Hand Ottos Fell, mit der rechten eine Gitterstrebe und hangelte sich nach oben. Je höher er stieg, desto näher rückte Otto ans Gitter. Es macht den Endruck, als unterstütze der Stier ihn. Er warf ein Bein über den massigen Rücken, saß dann breitbeinig auf ihm, legte seinen Kopf auf den Stiernacken und breitete die kurzen Arme aus, als wolle er den Stier umarmen.

Wir wagten nicht, uns zu bewegen.

Irgendwann richtete er sich auf, kniete erst, stand dann auf dem Rücken des Stieres, erreichte mühelos das Gitter, kletterte zu uns herunter, nahm das innere Gespräch wieder auf und ging zurück zu seiner Kastanie.

Wir bleiben erst bei dem Stier, aber als ich mich auf ihn zu bewegte, fing er wieder an zu toben. Wir rannten davon.

Arrogant

Er saß im Sonnenschein auf einer dieser designten Holzbänke mit Kunststeineinfassung im Stadtzentrum. Neben ihm stand ein Thermobecher mit Kaffee, aus dem er manchmal trank, während er sich Notizen machte.

Den ganzen Tag hatte er noch keine Wort geredet. So war es ihm am liebsten.

Je mehr er sich mit Worten oder Sätzen seiner Sprache beschäftigte, je mehr er versuchte, Sätze so exakt wie möglich zu formulieren und zwar so, dass sie genau dem entsprachen, was er der Welt mitteilen wollte, desto weniger sprach er.

Die Worte, die beim Sprechen aus seinem Mund purzelten, trafen manchmal ins Schwarze, lagen aber häufig so weit neben dem Ziel, dass er immer und immer wieder einen Satz begann, stockte, überlegte, neu startete, um sich langsam der Aussage anzunähern, die er eigentlich machen wollte.

Sprechen war etwas Schnelles, Flüchtiges. Immer häufiger wurden seine Worte bei Gesprächen unverständlich, weil er noch beim Ausstoßen der

Silben feststellte, dass es zu ungenau, zu stark oder schwach, jedenfalls nicht passend für eine korrekte Beschreibung der ihm vorschwebenden Situation war, aber das neue, genauere Wort schon parat stand und mit dem ausgestoßenen Laut gurgelnd ins Freie drang, was zwar ein Geräusch ergab, aber nicht wirklich von anderen verstanden werden konnte.

Genauigkeit war ihm wichtig, wichtiger als Schlagfertigkeit.

Er dachte nicht langsam. Ganz und gar nicht. Es gab nur so viele Worte, die etwas Ähnliches ausdrückten, aber nur eines, das exakt war. Das wollte erst mal gefunden werden.

Wenn er kein brauchbares Wort fand, was manchmal vorkam, baute er es. Er setzte Gefühl, Bewegung, Geruch oder Gegenstand zusammen, um ein treffendes Bild zu schaffen.

So saß er im maiheißen Sonnenschein, nippte kurz an seinem Kaffee und dachte über den zuvor geschriebenen Satz: „Manche Menschen lassen sich die Arroganz in die Augenbrauen tätowieren", nach.

Das war doch nicht richtig. Sollte es nicht eher: „Manche Menschen lassen sich Arroganz anstelle der Augenbrauen tätowieren" heißen?

Er schloss die Augen und stellte sich augenbrauentätowierte Menschen vor.

„Entschuldigung."

Mit dem gesprochenen Wort wurde es schattig vor seinen geschlossenen Augen.

„Entschuldigung!"

Widerwillig öffnete er erst das rechte, dann das linke Auge. Die Hand mit dem Thermobecher zuckte. Aber er widerstand dem Impuls, den Inhalt Richtung Störenfried zu schleudern.

Vor ihm stand ein Mensch, männlich, mit neckischem Anglerhütchen, Hawaihemd, dreiviertel langen Shorts, weißen Socken und Sandalen.

„Können Sie mir sagen, wie ich zum Jobcenter komme?"

Eigentlich wollte er: „Verpiss Dich" sagen, dann: „Nein". Heraus kam ein hohles, verknotetes: „Pein".

Er öffnete zwei-, dreimal den Mund, um seine Lippen und Kiefer unter Kontrolle zu bringen. Dabei entstand ein Geräusch, als würden Seifenblasen platzen.

„Ach. Du bist taubstumm, Du Armer. Dann muss

ich halt jemand anderes fragen."

Der Störenfried holte seine Geldbörse hervor, nahm eine Eineuromünze, warf das Geldstück in den Thermobecher und ging weiter.

Manche Menschen sind auch ohne tätowierte Augenbrauen unerträglich arrogant, schrieb er als nächsten Satz.

Gibt es das Leben auch in gut?

„Gibt es das Leben auch in gut", knurrte sie mit knirschenden Zähnen.

Das Knirschen stammte hauptsächlich von dem Sand und der Erde, durch die sie sich grub.

„Nicht für uns Schlammwühler", antwortete er und spuckte dabei die dunkle, fast schwarze, körnige Brühe neben sich. „Wer hier arbeitet, führt das Gegenteil von einem guten Leben."

„Hört auf zu quatschen. Dafür werdet ihr nicht bezahlt", brüllte der Vorarbeiter von seinem trockenen Platz aus. Er legte eine Hebel um, und

2 m³ Material rutschten schmatzend und knirschend aus der Schütte in die Grube.

Die beiden Wühler drückten sich fluchend an die Spundwände.

Vorgeschrieben war ein Warnruf. Erst der Warnruf, dann Material. Aber der Vorarbeiter war ein Arsch, und wenn jemand begraben wurde, lachte er kollernd in seiner Butze.

Seufzend ging sie wieder in die Knie, streckte die Arme aus und begann zu wühlen. Langsam und gleichmäßig. Immer den Rhythmus haltend. So hatte es Jahre zuvor ihr Ausbilder vorgemacht, und sie hatte es übernommen. Strecken, wühlen, ziehen, strecken.

„Stell Dir ‚Bolero' von Maurice Ravel vor. Das ist ein guter Drive um zu wühlen. Strecken – wühlen – ziehen – strecken." Dabei pfiff er mit schlammverkrusteten Lippen die Melodie und bewegte sich dazu.

Es begann zu regnen. Sie mochte den Regen. Wenn sie in den Himmel schaute, spülte er ihr Gesicht sauber. Ziehen, strecken.

Das Pärchen vor ihr, sie arbeiteten immer zu zweit in einer Reihe, hatte einen kleinen Vorsprung. Den mussten sie und ihr Partner wieder einholen.

Wühlen, ziehen.

Der Regen wurde stärker.

Sollte der Regen, so war die Regel, bei Erdberührung Blasen schlagen, mussten sie, aus Sicherheitsgründen, die Grube verlassen und den Schauer abwarten.

Wenn aber die Termine drängelten, breitete der Vorarbeiter eine Plane aus, unter der sie weiter arbeiten mussten.

Anfangs war das ganz heimelig. Es erinnerte an Campingurlaub und kuschelige Zelterlebnisse. Mittlerweile war die Plane schon stockig und roch nach faulen Kartoffeln. Wenn dann noch der Regen darauf prasselte, kam man sich vor wie in einem Sarg, auf den Erde geworfen wurde.

Strecken, wühlen, ziehen, strecken.

Langsam schlossen sie zu dem Pärchen vor ihnen auf.

Mit dem Regen kam jetzt auch ein anderer Geruch aus der nassen Krume. Irgendwann war hier etwas Chemikalisches vergraben worden. Das machte die Arbeit so abwechslungsreich. Mal war es strahlend, mal riechend. Es wurde nie eintönig. Eine Sirene ertönte. Ihr Partner, sie, das Pärchen vor ihnen, alle senkten ihre Arme und richteten sich auf. Von oben wurden Leitern an der Spundwand heruntergelassen.

Dreißig Minuten Mittagspause.

Der Regenbogenbunker

Ich war auf dem Weg zurück zum Hotel.

Stockfinstere Gegend.

Sektleicht wich ich den Pfützen aus und war auch sonst guter Dinge. Aus dem Dunkel löste sich ein Schatten.

"Willste was? Was brauchste. Ich hab alles da."

"Was ist denn alles?"

Natürlich könnte man die Sektlaune verantwortlich machen, aber ich bin auch sonst eher neugierig und oft genug landet mein Kleingeld in einem Hut oder der fremden, aufgehaltenen Hand.

"Na. Alles eben. Kostet dich aber nen Zwanni."

"Was bekomme ich dafür?"

"Eintritt."

"Wofür?"

Der Schatten schaute mir in die Augen. Erst jetzt sah ich die schwarzen Ringe rund um seine Wimpern, das unrasierte Gesicht und die hohen Wangenknochen.

"Für alles eben."

Mein Herz klopfte stärker. Nicht Angst. Die hatte ich nicht vor dem Schatten. Das feuchte Pflaster spiegelte schwach das wenige Mondlicht wider. Die Luft feucht kühl. Allein die Situation. Fremd, noch knapp fünf Minuten bis zum Hotel, außer uns beiden kein Mensch weit und breit.

Das Gesicht verschwand wieder in der Dunkelheit.

"Jetzt warte mal."

Ich schaute in die Schwärze.

"Ich warte."

"Ich geb dir zwanzig Euro. Was geschieht dann?"

"Ich bring dich zum Eingang. Du gehst rein."

"Bist du ein Koberer?"

Ein Räuspern in der Dunkelheit.

"Was erwartet mich da?

"Kein Sex."

Die Stimme entfernte sich. In der Dunkelheit schien eine Gasse zu sein. Es knirschte beim Gehen.

"Hier sind zwanzig Euro", sagte ich mit belegter Stimme, nach meiner Börse greifend.

Das Knirschen stoppte. Vielleicht starrte ich schon zu lange in die Dunkelheit, vielleicht war es der Sekt, jedenfalls tanzten kleine Lichtpunkte in meinem Blickfeld. Ansonsten war alles schwarz. Prickelig.

"Komm."

Sonst kein Wort. Ein Schlüsselbund klimperte, dann gesellte sich zu dem Knirschen ein schwacher Lichtkegel in der Gasse.

Ich folgte ihm, in der einen Hand den Zwanzig-Euro-Schein wedelnd.

Rechts heruntergelassene Jalousien, links zugeklappte Fensterläden. Durch einen oberen Schlitz der Jalousie fiel Licht, gleich einer Linie abgebildeter Punkte und Striche des Morsealphabets auf einer geschlossene Fensterlade.

Kurz, lang,lang,lang, kurz, lang.

Roch es zuvor nach feuchter Erde und alten Mauern, kam jetzt Ammoniak und verbrauchtes

Bratfett hinzu. Der schwankende Lichtkegel verschwand abrupt nach rechts.

Mir schossen alle je ausgesprochenen Warnungen der Eltern, Lehrer oder Polizisten durch den Kopf. Dunkle Straße, finstere Gestalt, Finger weg, dann bog ich auch nach rechts ab.

Ich möchte mir auch jetzt noch nicht vorstellen, woraus der Bodenbelag des schmalen Gässchens bestand. Es fühlte sich weich an. Der Bratfettgeruch wurde stärker. Die Gasse war so schmal, dass ich die Arme nicht durchdrücken musste, um die Häuser rechts und links zu berühren.

Ich folgte der Gestalt, die jetzt nach links abbog und stand plötzlich in einem Hausflur, der überwältigend nach rottendem Fleisch und Fett stank. Der Fußboden klebte.

Das Licht sprang an, was den Gestank nicht minderte, aber den Grund dafür zeigte. Sechs oder sieben blaue Plastikfässer standen Deckellos und prall gefüllt mit kaltem Fett oder Hähnchenpommsketchupresten an der Wand aufgereiht. Fliegen gab es jede Menge, und ganz tief Innen war ich erfreut, dass diese Situation dem hiesigen Ordnungsamt bislang entgangen war.

Mein Führer hielt plötzlich eine Karte mit Magnetstreifen zwischen seinen Fingern und zog sie durch eine kleine, schmierige, unscheinbare Kiste an der Wand. Es gab ein sattes Geräusch einer schweren Tür, die pneumatisch geöffnet wurde.

"Eintritt zwanzig Euro."

Er hielt den Kopf gesenkt, während er die Hand ausstreckte. Ich sah eine Treppe, die abwärts führte.

"Was erwartet mich da unten?"

"Alles."

Der Sprachgebrauch des zierlichen Menschen schien eingeschränkt zu sein.

"Zwanzig Euro für alles hört sich fair an", sagte ich, als ich ihm den Schein in die Hand legte.

Er reagierte nur soweit, dass er den Schein zusammenknüllte. Ansonsten wartete er.

Ich machte einen Schritt vorwärts. Er nickte.

Die Treppe abwärts, Decke und Wände strahlten nach dem vorherigen Gedämmer geradezu in Weiß. Auf der zweiten Stufe wieder dieses pneumatische Geräusch und hinter mir schloss sich die Tür.

Fünf Stufen, Absatz, fünf Stufen, kurzer Gang, Schleuseneingang, Rechts eine Kamera, Sprechlöcher, ein Schlitz für eine Karte.

Vorsichtig näherte ich mich der Schleusentür.

"Parole", schepperte es aus den Sprechlöchern.

"Wie? Keine Ahnung", lachte ich leise und schon ein klein wenig mutlos.

"Na. Auch egal. Kommen Sie rein."

Eine grüne Lampe leuchtete auf, Zischen, die Schleuse öffnete sich. Staubpartikel ritten auf dem Luftzug Richtung Öffnung.

Hinter der Schleuse wurde es wärmer. Vielleicht nicht messbar in Temperaturunterschieden, aber die Atmosphäre wurde freundlicher. Das Licht war nicht so hell, und kam nicht aus Lampen, sondern aus einer Art Wandbewuchs.

Der Boden leicht abschüssig bis zu den nächsten Stufen. Schienen an der Wand für ein herablassbares Sicherheitstor. Treppe runter, die nächste Schleuse. Ich näherte mich, die grüne Lampe leuchtete auf. Zisch. Auch der Eingang öffnete sich, und auch hier der leicht einsaugende Unterdruck.

Das erste, was mir hinter dem Eingang auffiel, war eine gebrannte Fliese an der Wand.

Erbaut 1962.

Ansonsten wies nichts mehr an der Umgebung, in der ich mich befand, darauf hin, überhaupt gebaut worden zu sein.

Vogelgezwitscher, Sommeranfangsgeruch.

Es hatte etwas verstörendes, etwas sprachlos machendes. Etwas, was nicht deckungsgleich mit Alltagswahrnehmungen existierte.

Der Gang hinter der Schleuse öffnete sich nach ein paar Metern zu einem Gelände, dessen Ausdehnungen nur zu erahnen war.

Über mir Ranken mit violetten Blüten., die mich mit fast farblosem Staub, der in der Nase kitzelte, begrüßten. Dann eine Stimme.

"Kommen Sie. Keine Angst. Ihnen wird nichts geschehen."

Ich hatte keine Angst. War eher erstaunt über die eigene Gelassenheit und das plötzliche Wohlgefühl.

Aus dem Grün des Geländes trat ein weißhaariger, rüstiger Mittsiebziger hervor und strahlte mich aus tausend Falten freundlich an.

"Willkommen", sagte er, nahm meine dargebotene Rechte mit beiden Händen und schüttelte sie sanft.

"Möchten Sie einen Kaffee? Eigene Aufzucht, eigene Röstung."

"Gerne", platzte es aus mir heraus. "Wo bin ich hier?"

"Anlage 4Strich62Strich68Strich3yGroßB+98." Mein verständnisloses Gesicht erwartend, nickte er.

"Kommen Sie. Trinken wir einen Kaffee. Dann erzähl ich es Ihnen. Ich freu mich über Ihren Besuch."

"Hab ich dafür die zwanzig Euro bezahlt?"

"Das haben Sie meinem Enkel gegeben? Zwanzig Euro. Dann hat er seine Sache ja gut gemacht." Er setzte sich in Bewegung und wies mich mit einem Kopfnicken an, mitzugehen.

Ich wusste nicht, wohin mit meinen Augen. Das waren viel zu viele Informationen auf einmal, die da in meinem Gesichtsfeld lagen. Landschaften, absurd in dieser Umgebung, ein kleiner Schwarm Vögel, die angenehme Brise.

Deswegen heftete sich mein Blick schnell auf die rechte Schulter des älteren Mannes. Graues Leinenhemd, Jeans, Turnschuhe. Damit konnte ich gut leben. Er roch sauber. Zu dieser Umgebung gehörend.

Wir gingen direkt auf einen leuchtenden Vorhang, bestehend aus diesem Gewächs an den Wänden vor der letzten Schleuse, zu.

Dahinter ein kleines Terrassengelände, dessen höchster Punkt eine kleine Veranda, bestimmt fünf Meter über dem Bodenniveau, war.

Oben angekommen, bot er mir Platz in einem Sessel an. Wie betäubt setzte ich mich und schaute mich um. Eine normale Veranda, bequeme Gartenmöbel, Hollywood-Schaukel, blühende Bougainvillea, ein Fernglas auf dem niedrigen Beistelltisch.

Mein Gastgeber werkelte in der Küche an einem Tablett mit Tassen und einer Kanne herum.

Der Blick nach vorne. Nun ja. Was soll ich sagen. Es war, als blicke ein Gott auf seine Welt und es war gut.

"Gefällt Ihnen die Aussicht?"

Ich schnaubte durch die Nase.

Er stellte das Tablett ab, verteilte Untertassen und Tassen, stellte einen Teller mit Gebäck in die Mitte, füllte die Tassen mit dampfendem Kaffee und setzte sich ebenfalls.

"Ich weiß. Eigentlich weiß ich nicht, da ich seit dreißig Jahren mit immer wechselnder, aber immer dieser Aussicht lebe. Ich kann mir kaum vorstellen, wie es auf Sie wirkt. Es muss sich monströs anfühlen."

"Nicht monströs. Wunderschön. Aber so viel."

"Siebentausend Quadratmeter sind kein Pappenstiel. 4Strich62 ist der letzte von vier Atombunkern aus 1962, gedacht für fünftausend Personen."

Ich trank einen Schluck Kaffee. Lecker.

"Das soll ein Atombunker sein?"

"Nein. Jetzt nicht mehr. Schon ein Jahr nach den Bauarbeiten war den Experten klar, dass alle vier öffentlichen und der baugleiche Regierungsbunker einer Atombombe nicht wirklich etwas entgegensetzen würden. Zu bröselig, wenn Sie verstehen."

"Wie lange sind Sie schon hier?"

Das Gesicht des alten Mannes strahlte mich an.

"Seit 62. Eingestellt als Haustechniker, mittlerweile in Pension."

"Oh."

Er nickte, trank ebenfalls einen Schluck Kaffee und schaute lächelnd in die Landschaft.

"Die schlimmste Zeit war zwischen 63 und 68. Ich hatte nichts zu tun, hier war kein Mensch und alles war hässlich. So richtig mies. 68 ging die Regierung eine Kooperative mit der NASA ein. Die erste Mondlandung, Planung für die Besiedlung des Mondes. Hier liefen die ersten Langzeitversuche. Ab da wurde es spannend. Alles war so Sciece Fiction."

Er lachte ein fröhliches Basslachen. Eine dicke Hummel brummte an meinem Ohr vorbei. Sie hatte die Größe meiner Mittelfingerkuppe mit dicken, gelben Blütenstaubtropfen an den haarigen Beinen.

"68 kamen die Biologen. Weltraumbiologie nannten sie das. Man, waren die eingebildet. 70 gabs hier die erste, kleine Biosphäre. Die Reste davon zeige ich Ihnen gleich. Das heißt, wenn Sie eine Führung möchten."

"Unbedingt."

Ich nickte schnell. Das war nicht Science Fiction, das war eine Magical Mystery Tour.

Eine Libelle sauste geräuschvoll durch die Bougainvillea, stoppte tuckernd in der Luft und schnurrte im rechten Winkel an uns vorbei.

"Sind Sie auch an den Sechziger-Büroeinrichtungen interessiert. Ein Büro gibt es noch im Originalzustand. Das ist ziemlich regierungsapokalyptisch."

Er lachte wieder dieses Basslachen.

"Vielleicht wollen Sie einen Blick in die Labore werfen? Nichts Besonderes, aber auf neuem Stand."

Ich schaute ihn fragend an. Dass jemand ungefragt Labore vorzeigt, gehört nicht zu meinen Standardritualen. Er schien zu erraten, was in mir vorging.

"Deswegen habe ich jetzt eben meinen Enkel gelobt. Seine Aufgabe war es, jemanden zu finden, der offen für Szenarien wie dieses ist. Sie sind skeptisch, fasziniert, neugierig und sicherlich bereit, den genauen Standort dieser Anlage für sich zu behalten."

Dieses Mal nickte ich langsamer.

"Des Weiteren laufen hier schon länger keine geheimen Projekte mehr. In den Achtzigern, Neunzigern, da sah das anders aus. Da gibt es auch noch ein paar Patente. Das leuchtende Moos ist eine Erfindung von hier. Da war meine Frau dran beteiligt. Die war Biologin."

Er leerte seine Kaffeetasse und forderte mich mit einer Geste auf, das auch mit meiner zu tun. "Wollen wir?"

Ich griff eines der Plätzchen, trank den letzten Schluck Kaffee. Mein Gastgeber stand schon.

"Ich finde es so befriedigend, dass aus dieser ganzen kalter - Krieg Kacke etwas so unerwartet Schönes entstanden ist. Das teile ich manchmal gerne mit Fremden."

"Die ihr Enkel aussucht?"

"Projekt Menschenkenntnis. Genau. Können wir?" Ich eilte ihm hinterher. Dieser Senior steckte voller Energie.

"Verzeihen Sie, dass ich so drängelig bin. Ist nicht meine Art. Aber es gibt einen Grund."

Dann begann die Führung durch ein, ursprünglich künstliches, jetzt aber völlig autonom arbeitendes Biotop, wie mir der alte Mann versicherte. Es war wie ein Urlaubsspaziergang in einem fremden Land.

Sieben Quadratkilometer, gefüllt mit aufregender Atemlosigkeit, überschäumendem Erstaunen, Entzücken und einem lange nicht mehr erlebten Wohlgefühl.

"Mitte der Achtziger hatten wir hier das erste Habitat für die Marsbesiedelung. Zu 60 % autonom. Nicht sehr effizient."

Er führte mich über kleine, freigehaltene Pfade,

erklärte, was ich rechts und links da gerade sah, rasselte die lateinischen Fachbegriffe herunter. Ich verstand kaum ein Wort, was auch nicht nötig war.

Meine Sinne fühlten sich mit den optischen, akustischen, vor allem aber olfaktorischen Eindrücken komplett in Anspruch genommen. Die Luft schmeckte würzig und vibrierte vom Flügelschlag der vielen Insekten.

"Ob Sie es glauben, oder nicht", lachte mich der Mann an. "Das letzte Mal an der Oberfläche war ich in den Achtzigern des letzten Jahrhunderts." Er bückte sich, griff eine Handvoll Erde und zerbröselte sie in der Hand. Ameisen krabbelten über seine Finger, ein Regenwurm kringelte sich. "Und ich wüsste auch nicht, warum ich da hoch sollte. Alles was ich zum Leben brauche, wächst hier. Es gibt Kaninchen und Hühner, wenn ich Hunger auf Fleisch habe. Die Kräuter hier sind hoch potent, falls ich mal krank bin."

Er schob Zweige beiseite und wir standen auf einer kleinen Wiese. In ihrer Mitte standen, wild verstreut, Blumen mit handballgroßen, geschlossenen Kelchen.

Der Senior verlangsamte sein Schritttempo, sein

Gang bekam etwas würdevolles, rituelles.

Inmitten der Blumen sah ich einen kleinen Hügel.

"Und wenn man alle Medizin der Welt zur Verfügung hätte, würde Sie doch den Tod nicht beeindrucken."

Als wäre das das Stichwort, öffneten sich, eine nach der anderen, die Blütenkelche.

Eine Melodie, eher ein Zusammenspiel verschiedener Töne schwebte plötzlich über dem Gras.

"Die hat meine Frau entworfen. Gezüchtet. Zusammengebastelt."

"Die Blumen machen Geräusche?"

"Ja. Fragen Sie mich nicht, wie. Aber genau das tun sie. Meine Frau hat das Geheimnis mit ins Grab genommen."

Dabei zeigte er auf den kleinen Hügel.

"Jeden Tag zur gleich Zeit öffnen sich die Blumen, klingen für Minuten, dann schließen sie sich wieder. Als würden sie meine Frau für ihre Existenz mit einem kleinen Ständchen danken."

So standen wir gesenkten Hauptes, bis nach und nach sich die Kelche wieder schlossen und die Klänge verebbten.

Fast flüsternd erklärte er weiter: "Ich hab Ableger

auf anderen Wiesen ausgesät. Sind alle eingegangen. Ich könnte mir vorstellen, meine Frau hat sie irgendwie an ihre DNS gekoppelt. Keine Ahnung."

Ein Kolibri schwirrte aus der Tiefe des Geländes auf die Kelche zu, bemerkte, dass sie geschlossen waren und schwirrte zurück. Mein Führer lachte. "Es hat sich wohl bei denen herumgesprochen, dass hier was zu holen ist. Aber sie haben die Zeiten noch nicht verinnerlicht."

"Bei denen?"

"In den Tropen. Luftlinie ca. drei Kilometer."

"Tropen?"

Ich kam mir vor wie ein plapperndes Echo. Das alles war so überwältigend, dass mir keine klaren Gedanken kamen.

Von irgendwoher grummelte es, dann ein scharfer Knall, der mich zusammenzucken ließ.

"Kommen Sie. Hier in der Nähe ist ein Aussichtspunkt. Da haben wir einen guten Überblick über die gesamte Anlage."

Wir überquerten die Wiese, die sich nach und nach in eine Steppenlandschaft verwandelte. Was ich aus der Ferne für einen leuchtenden Baum gehalten hatte, entpuppte sich von Nahem als eine bewachsene Säule. Der Beton war erst zu sehen, als der Haustechniker die leuchtenden Ranken beiseite geschoben hatte, um eine Leiter freizulegen.

"Vorsicht beim Hochsteigen. Einige Sprossen könnten glitschig sein."

Es ging zehn Meter aufwärts, und alle Sprossen waren glitschig. Oben führte um die Säule ein meterbreites Gitterrost, auf dem mich der Senior schon erwartete.

Ich keuchte. Zuerst vor Anstrengung, dann, weil die Aussicht atemberaubend war.

"Haben Sie die verschiedenen Temperaturen beim Hochklettern bemerkt?"

Ich schüttelte den Kopf. In der Ferne hing ein Regenschleier über sattem Grün und zeigte einen kompletten Regenbogen.

"Die Marsfredies waren knapp zwei Jahre hier. Dann wurde das Projekt verlagert. Anfang der Neunziger kamen die Klimaforscher. Die wollten hier den Jet-Stream und El Ninjo nachbauen. Ihr Ehrgeiz war riesig, ihr Erfolg minimal. Knapp fünf Jahre experimentierten sie, bis das Projekt eingestampft wurde. Seitdem haben wir hier so etwas wie ein Mikroklima mit verschiedenen

Klimazonen."

Wieder dieses Grummeln in der Luft, dann sah ich, dass das scharfe Knallen von kleinen Blitzen in der Ferne herrührte.

"Mittlerweile hat man uns hier vergessen. Zum Glück."

Er ging auf einen kleinen Steg mit Drahtseilen als Geländer, der von der Plattform wegführte. Da oben war es merklich kühler. Ein schwacher Lufthauch ließ die Flechten unter der Decke schwingen.

"Die Luftzirkulation hier ist das Überbleibsel ihrer Bemühungen. Für diese Anlage ideal, für Vergleiche zu draußen völlig ungeeignet. Die Welt draußen ist rund. Diese hier ist eckig."

Nicht weit entfernt schoss eine Dampffontäne aus der Erde. Direkt danach roch es leicht faulig.

"Unser Hotspot. Im Zentrum so um die siebzig Grad. Energielieferant. Da brodelt und suppt das Leben."

Unsere Schritte klangen hohl auf den Gitter.

"Die Klimafredies bauten an den gegenüberliegenden Seiten des Bunkers kleine Kühlanlagen. Quasipole nannten die das."

Er zeichnete eine Acht in die Luft.

"Das wollten sie. Herausgekommen sind zwei Nullen."

"Sie sagten vorhin: Vergessen."

"Wir werden als fester Bestandteil des Bundeshaushaltes geführt. Alle fünf Jahre gibt es ´nen neuen Computer. Aber da wir keine Kosten verursachen, sind wir in dem Schlick der Bürokratie auf den Boden gesunken. Das System hier erhält sich selbst am Leben. Es produziert Sauerstoff. Wir importieren CO_2 von oben. Und meine Garderobe."

"Ihr Enkel lebt hier auch?"

"Na. Der hat Semesterferien. Meine Tochter wohnt und arbeitet in Costa Rica. Ökologin. Studiert er auch."

"Zusätzlich zu Projekt Menschenkenntnis?" Wieder lachte der alte Mann. Wir waren an der nächsten Säule angekommen und kletterten die Sprossen abwärts. Ein Bach mäanderte durch eine Gegend, die sich mit Stachelbeerbüschen, kleinen Kirschbäumen, Himbeer - und Brombeerhecken, Spalieräpfeln und einem kleinen Feld mit Wassermelonen hart am Rande von Landschaftskitsch befand.

"Das Vorbild war eigentlich die fränkische

Schweiz. Aber diese Wassermelonen..." Er ließ den Satz schmunzelnd unbeendet, hob seinen rechten Arm und drehte sich langsam um die eigene Achse
„Labor, Wüste, Tropen, Arktis, alles da. Noch einen Kaffee?"

Die Einladung

Die Einladung erreichte mich genau zum richtigen Zeitpunkt.
Meine Auftrag in Hamburg war getan, die Einweihung der restaurierten Villa in Othmarschen ein voller Erfolg. Ein halbes Jahr Arbeit bei einem echten Pfeffersack, fair, aber knüppelhart in seinen Forderungen, hatte zwar mein Konto aufgefüllt, aber mein Nervenkostüm fühlte sich an wie aus der Altkleidersammlung. Die kleine Wohnung im portugiesischen Viertel, für sechs Monate gemietet, war geputzt und fertig

zur Übergabe. Es klingelte, und ich dachte, es sei der Vermieter. Aber ein Bote überreichte mir ein kleines Päckchen.

„Da hat Sie aber jemand lieb", grinste er anzüglich, während ich auf seinem Pad unterschrieb.

„Mein ganzer Wagen riecht danach."

Tatsächlich verströmte das Päckchen einen Geruch, der mich sofort an Sonne, Urlaub, Lavendelfelder, Zedernhaine, Kräuterwiesen, Spaziergänge durch Wacholderdünen und klare Bergflüsschen erinnerte.

Der Bote war schon lange verschwunden, als ich, im Flur stehend, das Päckchen haltend, aus den Bildern auftauchte, die diese Gerüche bei mir ausgelöst hatten.

Mein Herz klopfte spürbar.

Da hatte jemand aus der Ferne in´s Schwarze getroffen.

Die Treppe zur Wohnung hochsteigend, hielt ich das Päckchen mit ausgestreckten Armen vor mich, drehte es hin und her, suchte den Absender, fand aber keinen.

Es war in glattes, braunes Papier eingepackt. Nicht geklebt. Gebunden. Dünnes Paketband, zweifach gelegt und so kunstvoll verknotet, dass ein Gitter auf dem Papier, mit Aussparungen für Adresse und Briefmarken, entstanden war. Da hatte sich jemand Mühe gemacht.

Ich stellte es auf den Küchentisch. Setzte mich davor. Beobachtete es. Das Herzklopfen dauerte an.

Wann hatte ich das letzte Mal ein privates Päckchen erhalten?

Vor dreißig Jahren, als ich auszog, die Welt zu erobern, schickte meine Mutter mir im ersten Jahr alle acht Wochen ein Care-Paket.

Selbstgebackener Zitronenkuchen, ein Pfund Kaffee, Schokolade, irgendwo versteckt ein 50,- DM Schein.

Eine junge Liebe hatte mir mal eins geschickt. Das war es im Wesentlichen. Die anderen Päckchen waren alle eher geschäftlich und keines, nicht das der ersten Liebsten, schon gar nicht das von Muttern hatten so gut gerochen.

Das hier war etwas Besonderes.

Fast sprang ich auf. Das Geräusch des zurück rutschenden Stuhls klang hallig in der leeren Küche.

Es lagen noch Teebeutel in einem der weißen

Küchenschränke. Tee. Wasserkocher füllen, anstellen. Drei Tassen gab es auch noch. Kein Zucker. Der war alle. Übersprung.

Erst als das Wasser sprudelte, wurde ich etwas ruhiger.

Hoppla, dachte ich. Du scheinst es aber nötig zu haben. Setzte mich mit Tasse und Teebeutel wieder zurück an den Tisch, stellte die Tasse in sicherem Abstand neben das Päckchen und schaute es mir genauer an.

Wie konnte ich es öffnen? Eher: wie sollte ich es öffnen? Messer, Schere? Nein. Das sollte ich mit den Fingern öffnen können. Der Anfang oder das Ende lag gut versteckt und spannungsvoll eingeklemmt unter einem Knoten auf der Rückseite. Dann ging es recht schnell. Der Absender hatte nicht vor, mich zu ärgern. Die Knoten lösten sich leicht, nach dem vierten rutschte das Netz mühelos ab.

Während es in sich zusammensackte, lösten sich ein Haufen Moleküle, und es roch nach Zitrone.

Ich lachte laut, was in dieser leeren Küche, mit dem Hall, in dieser Situation, auch etwas schaurig klang.

So genau kannte ich mich ja kaum, dass ich hätte

sagen können, warum mir das so gut gefiel. Es überraschte, wie gut mich Außenstehende so angenehm aufwühlen konnten.

In einer Stunde würde mein Taxi zum Flughafen kommen, in drei Stunden ging mein Flug nach Hause.

Zeit genug, in Ruhe das Päckchen zu öffnen.

Der Vermieter, dachte ich kurz.

„Vielleicht komm ich morgens und hol den Schlüssel. Wenn nicht, also höchstwahrscheinlich nicht, schmeißen Sie ihn einfach in den Briefkasten."

Die Chancen standen gut, nicht gestört zu werden.

Meine Adresse wies die typischen, handschriftlichen Unregelmäßigkeiten auf, war aber eindeutig mit einem kleinen Pinsel, vielleicht einem dieser japanischen Kanjii – Füller, geschrieben worden. Feines und Fettes wechselte sich an den Linien der einzelnen Buchstaben gekonnt ab. Aufwärts strebend, nicht zu eng und gut lesbar.

Die Briefmarken waren eher ein aufgeklebter, maschineller Strichcode. Aber die blaue Banderole für Luftpost hatte ich schon ewig nicht mehr gesehen.

Es war seltsam. Drei Stunden später, und das Päckchen hätte mich nur noch schwer erreicht. Mein Vermieter kannte meine Heimatadresse nicht. Die Miete war im voraus bezahlt worden. Niemand konnte wissen, wohin ich als Nächstes ging. War es Zufall, dass das Ding mich zum spät möglichsten Zeitpunkt hier erreicht hatte? Wer. außer meine engsten Freunde, und die waren alle im europäischen Raum, wusste denn überhaupt, dass ich hier war.

Mir fiel niemand ein.

Vorsichtig drehte ich es auf den Kopf, zupfte das glatte Papier aus den Schlitzen, faltete es auseinander und strich es zu den Seiten hin glatt. Vier weiße Filzaufkleber von vier kleinen Füßen an einem Holzboden strahlten mir entgegen. Am rechten, unteren Rand stand mit Bleistift eine Ziffernreihe geschrieben. V 01.06.2015. Langsam drehte ich das Kästchen um. Innen bewegte sich etwas. Stellte es auf seine Filzfüße. Eine kleine Holzkiste mit handlackiertem Deckel. Ein Blick von irgendwo oben auf ein dreistöckiges Haus mit Balkon im Grünen, auf einen Anbau, eine Zisterne, trockene Landschaft im Hintergrund mit einem kobaltblau-strahlendem Himmel.

Was würde in dem Kästchen sein? Die Freude wuchs. Es war ein magischer Moment, den ich so lange wie möglich konservieren wollte.

Ich trank einen Schluck von dem zuckerfreien Teebeuteltee. Er war so heiß wie geschmackslos. Ich erinnerte mich daran, dass er schon vor meinem Einzug in dem Schrank gelegen hatte. Vorsichtig fasste ich den Deckel rechts und links an der lackierten Kante.

Kurz die Augen schließen. Einatmen.

Selbst das Atmen hallte in der leeren Küche. Spannung. Herzklopfen.

Mit beiden Zeige – und Mittelfingern drückte ich den Deckel hoch. Ein dunkler Spalt zeigte sich.

Mit einem letzten Schwung wollte ich den Deckel aufrecht stellen, als ein Quieken aus der Kiste mich dermaßen erschreckte, dass ich den Deckel sofort zuschlug.

Ganz kurz hatte ich das Bild einer mich angreifenden Wildschweinrotte, inklusive Fluchtreflex, parat.

„Ho", sagte ich, laut ausatmend. Irgend so etwas. Ein respektvoller Laut, gerichtet an die Wirkung des Schrecks. Denn die war groß. „Ho."

Wildschweine. Herzklopfen. Die Finger zitterten.
Der Päckchenpacker wünschte größtmögliche
Aufmerksamkeit.

Ich öffnete den Deckel erneut, und wieder quiekte
es wildschweinrottig. Es klang nicht blechern, wie
bei diesen nervigen Ton-Geburtstagskarten.

Es klang echt. So, als würden aus der Tiefe des
Kästchens Wildschweine direkt auf mich zurasen.

Respekt. Dauerte keine fünf Sekunden. Der
Schreck hielt wesentlich länger.

Ein Event-Päckchen. Welche Sinne waren als
nächstes dran?

Eine alte Postkarte. Ein Stück Holz. Eingepackte,
runde Seife. Eine Leckmuschel auf blauem Grund.
Ich glotzte verständnislos.

Keine Erklärung, kein Zettel?

Das war doch jetzt irgendwie enttäuschend. Ich
schnaufte frustriert. Da hatte sich jemand so viel
Mühe gemacht, und dann so was.

Karte, Holz, Seife Muschel.

Die Muschel war mit der Leckseite auf blauen
Karton geklebt. Die Postkarte in schwarz-weiß
und offenbar von einem Flohmarkt. Die runde
Seife, Hotelseife, in gerüschtem Papier mit dem
Aufdruck: Monarque.

Das Holz war kinderfaust-groß, mit grober Rinde,
rötlich orange von Innen mit langen Fasern.

Geräuschvoll schob ich den Stuhl zurück, ging
zum Fenster und schaute auf die Straße.

Die gegenüberliegende Häuserzeile stammte aus
den Achtzigern. Roter Klinker.

Das Erdgeschoss beherbergt ein Heim für
pensionierte Seefahrer. Zwei von ihnen saßen, in
sich zusammengekauert, auf einer Holzbank.

Beide rauchten Kette.

Ich wurde fast ein bisschen wütend.

Da hatte jemand meine Erwartungen
hochgeschraubt und auf der Spitze ganz
unspektakulär die Luft rausgelassen.

Wozu der Wildschweinschock?

Ich drehte mich vom Fenster weg und schaute auf
den Küchentisch.

Schaute die Dinge aus der Ferne an. Manchmal
klärt der Abstand den Verstand.

Nach Zitrone riechendes Paketband, braunes
Packpapier, eine kleine Holzkiste mit bemaltem
Deckel, Postkarte, Seife, Leckmuschel, Holz. Plus
die Zahlen und Ziffern auf dem Boden.

Was war das für eine Postkarte?

Zurück zum Tisch.

Schwarz – Weiß, blasse Tinte, französische Briefmarke, 20 Centimes, vom Poststempel war nur ein „...tes" zu erkennen, der Rest so gut wie verschwunden.

Die Schrift war kaum mehr zu entziffern, die Sprache schien auch französisch. zu sein. Die Anschrift war völlig unleserlich."Rue de Cl..." konnte ich erkennen. Mehr nicht.

Auf der Vorderseite das Bild eines Holzschnittes. Grob, aber verspielt. Sonne, Mond, Rakete, Sterne, ein U-Boot, ein Fesselballon. Irgendwie vertraut. Da ging es um Jules Verne.

Das käme gut mit dem Stempelfragment hin, dachte ich. Jules Verne, das wußte ich, kam aus Nantes, Frankreich.

„Monarque" las ich französisch auf der Seife. Gab es da einen Zusammenhang?

Ein automatischer Griff zum Smartphone.

Googelte Nantes, Monarque, und bekam 365000 Einträge. Es gab ein Grand Monarque, aber die Seife sah nicht nach Grand aus. Ein Link führte zu einem kleinen Hotel am Rande der Innenstadt. Eine kleine 360° Animation zeigte das Hotel und seine Umgebung.

Ein Großmarkt mit täglichem Markt auch

außerhalb der Hallen, das Stadttheater, zwei Cafés, eine Nähstube und eben das unscheinbare Hotel, von dem eigentlich nur ein Schild zu sehen war, da sich Parterre ein drittes Cafe´ befand.

Das Hotel gab es vom zweiten bis zum sechsten Stockwerk. Unspektakuläre Zimmer. Alles Doppelbetten in hohen Räumen.

Ich klickte die Sicht des Cafés an und erschrak wie schon fünf Minuten zuvor. Ziemlich laut quiekte mir ein Rotte Wildschweine entgegen. Dann wurde ich in das Innere des Cafés geführt. Sechs Tische rechts, drei links, melierter Marmor, gusseiserne Füße. Das einzige Schmuckstück des Cafés schien der Eberkopf zu sein, der neben einem Flachbildschirm an der Wand prangte.

Ich keuchte. Damit hatte ich jetzt nicht gerechnet. Es gab also einen Zusammenhang und eine Aufforderung, diesen herauszufinden. Ein Rätsel. Irgendwer, nicht ich, führte meinen Daumen, ließ ihn die Nummer des Hotels anklicken und wurde prompt verbunden.

„Hotel Monarque. Bonjour."

Ich kramte meine Französischkenntnisse heraus.

„Ähm. Bonjour. Je m´apelle Monsieur Weist et ähhh…"

„Monsieur können Deutsch reden. Ich sehe, der Anruf kommt aus Deutschland. Möchten Sie Ihre Reservierung bestätigen?"

„Meine was?"

„Auf Ihren Namen ist für die nächsten drei Tage ein Zimmer reserviert worden."

„Von wem?"

„Pardon, das kann ich Ihnen nicht sagen. Pardon."

„Und die Reservierung ist auf meinen Namen?"

„Oui. Reserviert und im Voraus bezahlt. Wann reisen Sie an?"

Fragen Sie mich nicht, warum ich das geantwortet habe, aber ich hab es gesagt. Einfach so.

„Wenn ich mich jetzt aufmache, könnte ich am späten Nachmittag bei Ihnen sein. Wenn es einen Flug gibt."

„Dann freue ich mich, Sie hier begrüßen zu dürfen. Au revoir, Monsieur."

Aufgelegt. Innere Aufruhr, während ich, äußerlich gelassen, die jetzt warme Teebrühe trank.

Nantes?

Und ohne Vorwarnung, nach dem ganzen Rauf und Runter, Autopilot.

Das Packpapier ins Altpapier, das Zitronenband zu den anderen Sachen in das Kästchen. Das

Kästchen in die Reisetasche. Den Teebeutel in den Mülleimer, die Tasse in die Spüle. Jacke an, Reisetasche in die Hand. Tür hinter mir zuziehen, Schlüssel in den Briefkasten. Auf die Straße, Hand heben, Taxi anhalten.

„Flughafen bitte."

***

In Nantes war es wärmer. Viel wärmer. Am Flughafen nahm ich ein Taxi. Zehn Minuten später stand ich auf dem Platz, den ich vormittags im Internet gesehen hatte.

Die Luft roch salzig, würzig. Die Markthalle war im Begriff zu schließen. Drei Männer schoben mit jeweils einem großen Besen nebeneinander Obst und Gemüse und Verpackungen aus der Halle. Da wartete die große Kehrmaschine auf ihren Einsatz. Fischblut im Rinnstein, Schuppen, Granatapfelreste, Salat, der rotierende Besen griff kräftig zu. Kleine Regenbogen in seinem Sprühnebel.

Blaue Plastikstiegen wurden gestapelt, gestreifte Planen vor den Ständen festgezurrt. Frauen in

Kittelschürze mit und ohne Kopftuch packten die nicht verkaufte Ware in Bullis, Crafter oder auf Ladeflächen von Kleintransportern.

Ich drehte mich einmal um meine Achse, um den gesamten Platz zu begutachten.

Vor zwei Cafe´s standen Stühle und kleine, runde Tische mit gusseisernem Fuß in der Nachmittagssonne. Keine Gäste. Vor dem dritten Cafe´standen zwei Stühle vor einer Glasscheibe, die so wellig war, dass ich nicht in das Cafe´ blicken konnte.

Das musste das Wildschweincafe´ sein. Ich blickte an der Fassade hoch, sah die kleinen Fenster mit dunkelgrünen Läden und ein kleines, altes, kaum mehr lesbares, Emaille-Schild. Monarque.

Mein Puls beschleunigte sich.

Kein Wildschweinquieken, als ich in den Raum trat. Überhaupt kein Laut. Kein Mensch.

Kleine, runde Tische, auch hier mit Gussfüßen unter hellmellierten, runden Marmorplatten. Thonet-Stühle. Rechts hinten eine Theke, vor der Theke eine Tür, über dieser der Eberkopf. Auf der Theke ein blindes Chromaganschälchen mit großen Zuckerstücken, daneben eine mechanische Klingel.

Noch während meine Handfläche über dem Klingelknopf schwebte, öffnete sich die Tür unter dem Wildschweinkopf.

„Bonjour, Monsieur", sagte die Frau, schaute kurz auf ihr Smartphone, dann zu mir. „Ah oui. Für Sie ist reserviert. Wir haben telefoniert."

Sie ging hinter die Theke, holte ein Registrierbuch aus einem Regal, legte es vor mich hin, schlug es auf und drehte es.

„Hier eintragen, s´il vous plait."

„Bon jour", war das erste, was mir einfiel. „Woher wussten Sie denn, wer ich bin?"

Die Frau lächelte und hielt mir ihr Smartphone entgegen. Ich schaute auf mein Profilbild aus den sozialen Netzwerken.

„Ihr Zimmer ist bezahlt für drei Tage, Monsieur."
„Von wem?"

„Das kann ich leider nicht sagen, Monsieur. Es war eine anonyme Reservierung über das Netz. Da aber sofort bezahlt wurde, haben wir nicht weiter nachgefragt."

Sie legte einen Schlüssel mit einem klobigen Anhänger auf den Tresen, während ich mich in das Buch eintrug.

Ich verstand die Situation nicht, war verwirrt.

Irgendwer hatte sich große Mühe gemacht.

Wofür? Warum? Wieso stand ich im Mittelpunkt dieser Bemühungen.

„Ich wünsche Ihnen einen angenehmen Aufenthalt, Monsieur."

„Merci."

Ich nahm den Schlüssel, meine Tasche und betrat das Hotel. Als ich den Wildschweinkopf hinter mir gelassen hatte, vorbei an einem Blecheimer mit schmuddeligem Feudel, vorbei an Stoffsäcken mit dreckiger Wäsche neben gestapelten Getränkekisten, ging es aufwärts. Vier knarrende, dunkle Holztreppen hoch in den zweiten Stock. Mein Zimmer hatte die Nummer 23 und war nur über einen Wandelgang eines schmucklosen Innenhofes, der mit einem, nicht mehr durchzuschauendem Glasdach gedeckelt war, zu erreichen. Auf dem Wandelgang quetschten sich überall Stoffsäcke mit dreckiger Wäsche in freie Nischen. Auf dem Fußboden des Innenhofes standen Mülleimer. Es roch nach Zigarettenrauch, Chlor, Weichspüler und ein wenig nach Zersetzung. Jugenderinnerungen an meine erste Tramptour durch Frankreich kamen hoch. Jedes Land hat seinen eigenen Geruch, dachte ich, meine Zimmertür aufschließend.

Das Innere des Raumes war keine Überraschung.

Doppelbett, ein kleiner, klobiger Fernseher, ein kleiner Tisch ein Stuhl, ein Sessel mit abgewetztem Brokatbezug, die gesteppte Tagesdecke fest unter der Matratze eingeklemmt.

Ein Waschbecken in einer Ecke mit Seife, wie die aus meinem Päckchen. Keine Dusche, keine Toilette, kein Fenster nach Außen.

Neben der Tür war ein Fenster mit Blick auf den Innenhof.

Ich stellte die Tasche auf das Bett und holte mein Päckchen heraus. Grinste und fühlte wieder die Aufregung steigen. Ich hatte nicht die geringste Vorstellung, wohin das führen würde.

Aber jetzt war ich hier, in Nantes. Und trotz der Aufregung, der vielen Unbekannten in dieser seltsamen Aufgabe, fühlte ich mich sicher.

Niemand wollte mir etwas Böses. Wenn es ein Test war, hatte ich keine Idee, wofür, machte mir aber keine Sorgen deswegen.

Dann, ohne Vorwarnung, schlug die Aufregung in Müdigkeit um.

Ich stellte mein Kästchen auf den Tisch, ließ die Tasche auf den Boden fallen, zog Hemd und Hose aus und quetschte mich unter Tages- und Bettdecke, während mein Po langsam in die Matratze sank.

***

Als ich wach wurde, war ich für einen Moment desorientiert. Arabische Musik schepperte durch den Innenhof, Menschen riefen sich etwas zu, ich klemmte, wenn auch nicht mehr ganz so eingezwängt, unter der Decke fest und mein Kreuz tat weh. Außerdem knurrte mein Magen. Jemand klopfte an die Tür, ein Kopf blickte vorsichtig in das Zimmer: „Oh pardon, Monsieur", und Tür wieder zu.

Raus aus dem Bett. Etwas Wasser ins Gesicht, Hose an, frühstücken.

Auf dem Wandelgang herrschte geschäftiges Treiben. Überall Wäschesäcke, die von der Frau, die in mein Zimmer geblickt hatte, über die Brüstung gehievt und dann in den Innenhof fallen gelassen wurde.

Die Musik schepperte aus einem alten Weltempfänger auf dem Putzwagen.

Im Wildschweincafe´stand die Frau vom Vortag

und unterhielt sich mit drei alten Männern, die mürrisch an ihrem Espresso nippten.

Sie sah mich, lächelte, „Bonjour Monsieur" und wies mir einen Tisch zu.

Orangenmarmelade, Kaffee, Butter, Weißbrot, O-Saft.

Nicht sehr üppig für ein französisches Frühstück.

Wie sollten meine nächsten Schritte aussehen. Ich hatte nicht die geringste Ahnung. Ein kleiner Spaziergang würde mir guttun.

Die Sonne brannte schon auf dem Platz, obwohl es noch früher Vormittag war. Alle Stände hatten geöffnet. Viele alte Männer, die in kleinen Grüppchen vor verschiedenen Auslagen standen, gestikulierend diskutierten und ab und an an der unvermeidlichen Zigarette zogen.

In der Markthalle war es kühler, aber nicht weniger geschäftig.

Fleisch von Rind, Huhn, Schwein, Pferd, Esel, Hammel, Ziege und Kaninchen, blutig roh bis abgehangen, daneben Käse, böse verschimmelt bis ganz jung, von jedem Tier, das Milch gibt, in jeder erdenklichen Konsistenz.

Gewürzstände mit Paprikakirschen, verschiedenste Pfeffersorten, Chili, Kurkuma,

Safran, Vanilleschoten. Mein olfaktorisches System jubelte.

Eine Kakophonie der Gerüche, wobei das einzig Störende die Parfums, Rasierwasser oder Deos der Menschen waren.

Gemauerte Stände mit Backwaren, die ich noch nie gesehen hatte, neben Konfitüren aus Obst, Gemüse oder Fleisch.

Schnaps- und Weinstände in vornehmem Ambiente, mein System drohte überzulaufen.

Und als hätten nicht schon alle Wohlgerüche dieser Welt in meiner Nase getanzt, versteckte sich in einer Ecke ein kleiner Stand mit selbstgemachten Seifen und Riechhölzern.

Eigentlich wollte ich schon an die frische Luft, als mein Blick an diesen Hölzern, mit einem gleichzeitigen Adrenalineinschuss hängen blieb.

Die erinnerten mich an etwas.

Zurück ins Hotel, schnell aufs Zimmer, Kästchen geöffnet, das Holzstück genommen und zurück in die Markthalle zu den Dufthölzern.

Hinter dem improvisiertem Tresen stand eine Frau, zwei Köpfe größer als ich, mit enormem Umfang, tiefschwarz glänzender Haut, Zopfreihen dicht an der Kopfhaut und einem bunten Kleid.

„Excuse´ moi", stotterte ich, mit dem Holzstück in meiner, vor Aufregung schweißnassen Hand.

„Bonjour, Monsieur", antwortete sie und sprach weiter in einem Tempo, dass ich kein Wort verstand.

„Je ne comprends pas. Je ne parle pas francaise."

„Ah, oui", antwortete sie und lächelte.

Ich legte vorsichtig mein Holzstück auf ihren Tresen. „Qu`est-ce que c´est?", fragte ich leise.

Sie nahm das Holz mit Daumen und Zeigefinger, drehte und begutachtete es, roch daran, nickte und lächelte noch breiter.

„Sie sind Mann aus Deutschland."

„Äh ja", quietschte es aus mir heraus. „Oui."

Sie lachte schallend, dann hielt sie das Holz hoch.

„Zypriotisch Zeder", sprach sie überdeutlich, trotzdem verstand ich nicht.

„Gibt Zeder aus Libanon, Türkei, Himalaya und Zypern. Compris?"

Das R rollte ihr über die Zunge, aber das hatte ich verstanden. Ich nickte.

„Das", und sie wedelte mit dem Holz vor meinen Augen, „zypriotisch Zeder. Un moment."

Sie dreht sich um, ging einen Schritt nach hinten, öffnete ihre Kasse, griff einen Zettel und überreichte ihn mir, zusammen mit dem Holzstück. Ich vermutete eine biologisch-wissenschaftliche Beschreibung meines Zedernstückes, aber auf dem Zettel stand nur eine Straße mit Hausnummer.

Ich verstand gar nichts mehr.

Sie runzelte ihre Stirn. „Agence de voyager", sagte sie mehrmals, als suche sie das deutsche Wort dafür. Dann rief sie einen Schwall Worte in den Raum, und von irgendwo her kam „Reisebüro" zurück.

„Oui. Reisebüro", wiederholte sie und tippte auf den Zettel.

„Da soll ich hin?"

„Oui."

„Oh man", sagte ich eher zu mir, aber sie zeigte in Richtung Ausgang. „La bas."

„Vielen Dank. Merci bien", antwortete ich mechanisch, etwas betäubt und ziemlich verwirrt. Dann ging ich Richtung Ausgang.

Draußen stand ich vor einem Theater, das Werbung für ein internationales Festival machte, rechts führte eine Straße daran vorbei. In diese Richtung hatte sie gezeigt, und an einer Hauswand hing auch ein Schild mit dem

Straßennamen, der auf meinem Zettel
geschrieben stand.

Das Reisebüro war nicht weit entfernt.

Ähnliche Werbung im Schaufenster wie in
Deutschland. Die Tür schlug gegen eine kleine
Glocke.

Ein kleines Büro voller Fächer mit
Hochglanzbroschüren, zwei Flachbildschirme und
ein Schreibtisch mit Computer. Vor dem saß eine
Frau, die mich anblickte, als die Glocke schlug.

„Bonjour Monsieur."

„Bonjour Madame."

Wieder ein französischer Wortschwall, wieder
mein Unverständnis inklusive der Aussage, dass
ich kein französisch spräche, und mühelos
schwenkte die Reisekauffrau auf die deutsche
Sprache um.

„Was kann ich für Sie tun, Monsieur?"

„Ich hab Ihre Adresse in der Markthalle
bekommen."

„Oui."

„Es ging.." Ich stotterte, wusste nicht, was ich
sagen sollte. „Es geht.. Ich habe ein Stück
zypriotische Zeder", beendete ich hilflos den Satz.

„Oui."

Sie schaute auf ihren Bildschirm, tippte etwas ein und druckte etwas aus.

Ich kam mir blöd vor, da ihr Gesicht völlig neutral geblieben war. So, als würden jeden Tag verwirrte Menschen zu ihr kommen und sagen: „Ich hab ein Stück zypriotische Zeder", oder: „Freitags ist es länger hell."

„Ihr Ticket, Monsieur."

„Mein was?"

„Ihr Flugticket nach Larnaka."

„Aber.."

„Ist der Name richtig geschrieben?"

Sie reichte mir das Ticket. Da stand mein Name, Flugsteig, Abflugzeit, Preis, mit dem Vermerk 'bezahlt'. Alles war korrekt. Nur die Funktion meines Verstandes nicht.

Ich versuchte immer wieder, nächste Schritte zu überlegen, aber alles kreiste ständig zwischen Monarque, Duftholz und Reisebüro hin und her und zurück.

„So wird das nichts", murmelte ich.

„Pardon Monsieur?"

„Haben Sie sonst noch etwas für mich", fragte ich und meine Stimme klang rauer als beabsichtigt.

„No Monsieur. C´est tout."

„Na dann. Merci und au revoir."

„Au revoir."

Abflug 16.00 Uhr, sollte ich mich dafür entscheiden, nach Zypern zu fliegen. Zypern.

Das spärliche Frühstück war verbrannt. Ich brauchte Nachschub, deckte mich mit dem fremden Gebäck aus der Markthalle ein, setzte mich in die Sonne, aß und überlegte.

Wer machte so etwas und warum? Keiner aus meinem Bekanntenkreis, das war mir mittlerweile klar. Eine Werbeaktion? Realitätsinszenierungen sind Mittel der Werbeindustrie.

Alle Spekulationen halfen nicht weiter. Im Gegenteil.

***

Als das Flugzeug in Larnaka landete, keimte für einen Moment die Hoffnung auf, im Flughafen stünde eine Person, die ein Schild mit meinem Namen hochhielte, aber da war niemand.

Keine Adresse, bei der ich einchecken konnte, niemand, der mich abholte, ich nicht ein Wort des Griechischen kundig.

Wohin jetzt? Ich wusste nichts von Zypern, von

der politischen Zweiteilung mal abgesehen.

Es war so heiß, dass die Luft flirrte. Ich konnte das Meer riechen, trockenen Staub und Dieselabgase der drei wartenden Taxen.

Ein Mann lehnte an der Motorhaube des ersten Taxis und rauchte. Die beiden anderen Fahrer*innen saßen mit geschlossenen Türen und Fenstern im Inneren und genossen Klimaanlagenluft.

Was sollte ich ihm sagen, ihn fragen? Ein interessantes Gefühl der Verlorenheit. Interessant, nicht angenehm.

Der Taxifahrer ließ die Zigarette fallen, trat die Glut mit der Fußspitze aus, öffnete die Wagentür und stieg ein, Das Fenster auf der Fahrerseite senkte sich, ein Ellenbogen wurde lässig aufgelegt, während der Kopf nach links unten blickte, und die rechte Hand etwas suchte.

Ich sah den Kopf wieder hochkommen, sah die rechte Hand in Bewegung zum Mund, Daumen und Zeigefinger gespitzt, sah die Zunge ausfahren und an der glänzenden Oberseite einer kleinen Muschel lecken.

Adrenalineinschuß und nicht gedacht. Nur gehandelt. Fast rennend zum Taxi. Bloß nicht wegfahren lassen. Gestikulieren, one moment, please, die hochgezogene Augenbraue des Taxifahrers, sein skeptischer Blick, mein Kramen in der Reisetasche, Kästchen raus, geöffnet, Wildschweinquieken, sein skeptischer Blick noch skeptischer.

Ich löste die Leckmuschel von ihrem blauen Untergrund, zeigte sie ihm und kam mir vor wie ein Idiot.

Der Fahrer lachte, nickte, leckte, wie zur Bestätigung, noch einmal an der Muschel, griff mit seiner linken Hand, deren Ellenbogen noch immer lässig auflag, den Deckel meines Kästchens, und ich zuckte zurück.

Jetzt schüttelte er den Kopf, wies mich mit dem linken Zeigefinger an, wieder näher zu kommen, griff erneut nach dem Deckel, schloss das Kästchen und zeigte auf die bemalte Oberfläche. Zeigte auf seine Leckmuschel. Zeigte auf meine Leckmuschel. Tippte erneut auf den Deckel, schaute mich an und suchte Verständnis in meinem Gesicht.

Das ganze wurde von einem Schwall griechischer Worte begleitet, die ich nicht verstand. Das begriff der Fahrer. Er öffnete die Autotür, machte eine besänftigende Geste und ging zu dem nächsten Taxi. Sprach mit der Frau, die hinter dem Steuer saß.

Sie stieg aus, kam zu mir und zeigte auf den Deckel.

„Wollen dahin?"

„Wohin?"

„Hier." Sie tippte jetzt energisch auf den Deckel.

„Was ist das?"

Sie drehte sich zu ihrem Kollegen um, sprach schnelle Worte und er reichte ihr seine Leckmuschel.

Die hielt sie hoch, tippte dann damit auf den Deckel.

„Bonbon da. War Fabrik. Jetzt nicht mehr. Wollen dahin?"

„Ja", sagte ich, ohne zu wissen, warum.

Das war doch alles sehr vage und eigentlich Zufall, dass ich den Fahrer mit der Muschel gesehen hatte.

Aber wenn das Bild auf dem Kästchendeckel bekannt war und noch existierte, war das vielleicht der nächste Hinweis. Viele Optionen hatte ich nicht mehr.

Postkarte, Holzstück, Leckmuschel, vielleicht noch

das zitronenduftige Packband.

„Bringen Sie mich bitte dahin."

Auch, wenn ich mit der Nase an der Autofensterscheibe klebte, um zypriotische Landschaft zu sehen, ist davon nicht wirklich etwas hängengeblieben.

Ich war in Trance. Da war fremde Landschaft, ein Rätsel, Gerüche, und ich, verloren in einer Blase, die der Wind vor sich hertrieb.

Die Fahrt dauerte über eine Stunde im klimatisierten Wunderbaumtaxi.

Dann standen wir auf dem Parkplatz eines Firmengeländes.

Alles sah etwas verlottert aus. Der, zum Teil, eingefallene Zaun überwuchert von vertrocknetem Braunzeug, eine verbrannte Wiese, Kies und Disteln, im Hintergrund eine dichte Zedernreihe.

Zwischen den grob asphaltierten Parkbuchten ein Fußweg in Richtung der Bäume.

Ich zahlte das Taxi, nahm meine Tasche und stieg in die Hitze. Es roch stark nach Zeder und Wacholder. Der Kies knirschte unter meinen Füßen.

Hinter der Baumreihe, wie auf meinem

Kästchendeckel, das kleine Anwesen, im Hintergrund eine alte Fabrikhalle.

Hier sah es nicht verlottert aus. Clean würde es eher treffen.

Saubere Pflasterung, klare Beete ohne Verfallserscheinungen, eine Stahlskulptur, die an eine DNS-Spirale erinnerte, Überwachungskameras.

Jetzt wurde mir etwas mulmig.

Ich kam dem großflächig überdachten Eingang näher. Rechts und links jeweils drei Säulen, oben ein Balkon, unten der Eingang.

Vor der Überdachung stand ein schlichtes Schild: Institute of genetic research, mit einem Hinweis auf Fördermittel von der EU, vom Kultusministerium Frankreichs, Griechenlands und der Bundesrepublik Deutschland.

Ich holte tief Luft und ging bis kurz vor die Eingangstür. Über der Klingel kein Namensschild, nur drei Buchstaben. AGM.

Noch bevor ich die Hand zum Klingeln erhob, öffnete sich die Tür, und ein wenig ihrer Bewegung hinterherschauend, übernahm ich das Tempo und betrat mit pochendem Herzen das Haus.

Die aufgehängten Willkommensbanderolen in den verschiedensten Sprachen waren der Blickfänger. Unter ihnen stand eine Gruppe Menschen, die applaudierten. Die mir applaudierten.

Eine Frau löste sich aus der Gruppe, kam auf mich zu, streckte den rechten Arm aus und gab mir mit einem strahlenden Lächeln die Hand.

„Willkommen, Herr Weist. Seien Sie herzlich willkommen."

Der Applaus schwoll kurz an und verebbte.

Mir war nicht klar, was ich davon halten sollte und zu fragen, war mir grade zu blöd.

„Hm."

„Schauen Sie bitte nicht so grimmig", ihr Lächeln wurde noch strahlender, „Ich werde Ihnen jede Frage beantworten. Sie möchten einen Kaffee."

Keine Frage. Eine Feststellung.

„Gerne", erwiderte ich mit einem etwas gequälten Lächeln.

Sie zeigte auf eine Sesselgruppe.

„Setzen wir uns, trinken wir Kaffee und ich erzähle Ihnen, warum Sie hier sind und was das alles soll."

„Gerne", wiederholte ich mich, diesmal aber mit Nachdruck. „Sie sind am Zug."

„Tatsächlich..", sie winkte mit zwei Fingern Richtung Kaffeeservice, „..sind fast alle unserer Züge schon getan. Da sie hier sind, waren die wohl erfolgreich."

Ich verstand gar nichts und schaute sie nur an.

„AGM. Art of genetic manipulation. So heißt das hier. Wir sind eine Gruppe internationaler Wissenschaftler und Künstler."

„Genetische Manipulation?"

„Bei Ihnen und weiteren neunundvierzig Kandidat*innen. Manipulation durch, oder über Ihre Genetik. Sagt Ihnen Heather Dewey-Hagborg etwas?"

„Nein." Ich nippte am Kaffee. Der war hervorragend.

„Sie hat uns auf die Idee gebracht. Ihre Kunst ist es, aus der DNA auf weggeworfenen Zigarettenkippen, Kaugummis oder Ähnlichem exakte Portraits im 3D-Drucker zu erstellen. Sehr beeindruckend. Wir haben von fünfzig zufälligen Kandidat*innen aus aller Welt Proben erhalten und DNA-Profile erstellt. Unsere Frage war, ob es möglich sei, anhand dieses Wissens Sie alle so zu beeinflussen, dass Sie den Weg hierhin finden. Bei Ihnen sind es Gerüche und Geräusche mit der gleichzeitig Ihr Neugierde und Ihre Sehnsucht befeuert werden. Bei anderen war es Farbe, Klang, Haptik. Die Kombinationen sind sehr zahlreich. Unsere Künstler haben ein, speziell auf Sie abgestimmtes, Paket geschnürt, dass Sie so neugierig machen sollte, dass Sie die Mühen der Recherche und die Reise auf sich nähmen und hier erscheinen."

„Zu welchem Zweck?"

„Wir wollen wissen, ob so etwas überhaupt möglich ist und auf die Gefahren der generellen Manipulation hinweisen. Zu diesem Zweck bereiten wir eine Wanderaustellung vor."

Sie erzählte noch viel mehr, aber meine aufsteigende Frustration verschluckte die meisten ihrer Worte.

Ich war eine Ratte im Labyrinth, ein Bazillus auf einem Objektträger. Ich fühlte mich mies und hintergangen.

Dann lachte ich, denn es waren, trotz der Hintergründe, intensive Erfahrungen, die ich erlebt hatte. Gute Erfahrungen. Die Suche war beendet, das Rätsel gelöst.

Über die moralischen, gesetzlichen und ethischen Verstöße werden wir noch heftigst diskutieren müssen, aber jetzt bin ich hier auf Zypern und genieße jeden Atemzug, der durch meine Nase führt.

Smartskin

1

Ich kenne Onkel Fritz schon mein ganzes Leben. Er ist nicht mein Onkel, und Fritz heißt er schon gar nicht, und er möchte auch nicht so genannt werden.

„Da, wo ich herkomme, nennt man mich Frizz. Kann so schwer doch nicht sein."

Er spricht die zwei „zz" wie ein langes, scharfes „S", fast wie das Zischen einer Schlange.

Ich werde ihn also in der weiteren Beschreibung, aus Respekt, Dankbarkeit, und weil es so richtig ist, Frizz nennen und mir das zischende S denken, wenn ich es schreibe.

Lange Jahre wusste ich nicht, wo er herkommt.

Aber wir vermuteten irgendeine slawische Gegend, seiner Wangenknochen wegen.

Noch als ich ein kleines Kind war, zog er in die untere Etage meines elterlichen, drei Stockwerke hohen Hauses, welches jetzt meins ist, ein.

Er zahlte pünktlich seine Miete, immer Barüberweisung.

Seit drei Jahren wohnt er mietfrei. Aber das geht völlig in Ordnung.

Drei Jahre. Mir kommt es vor wie drei Leben.

Vor drei Jahren begleitet mich Frizz in eine Kneipe. Die kannte ich damals noch nicht. Ich wusste auch nichts von dem Naziüberfall, der dort stattfinden sollte.

Ich trank ein Bier, Frizz Wasser.

„Alcohol makes my smartskin dizzy" sagte er und lachte. Ich lachte mit ihm, auch wenn ich nicht wusste, warum.

Dann kam diese Fünfertrupp brauner Bratzen. Bis zu dem Zeitpunkt kannte ich keine von Frizzens politischen Ansichten.

„Wir mögen hier keine Fidschis", bedrohten sie den Mann hinter der Theke.

„Ich schon", erwiderte Frizz freundlich. Dann ging alles ganz schnell.

Die Nazis zogen Baseballschläger und eine Machete aus ihren Jacken.

Bevor ich überhaupt etwas machen konnte, stand Frizz vor dem Gruppenführer und sagte leise:

„Das wird weh tun."

Der Gruppenführer lachte dreckig, holte aus und schlug mit dem Schläger Richtung Frizzens Kopf. Der blieb ruhig stehen.

Der Schläger hieb auf den Schädel, prallte aber mit der gleichen Geschwindigkeit wieder zurück auf den Kopf des Faschisten. Der ging sofort blutend zu Boden.

Die anderen Nazis sprangen auf ihn zu, und auch ich bewegte mich endlich.

Frizz stand immer noch seelenruhig da. Ein dicker Nazi, der mit der Machete, schlug auf Frizzens Schlüsselbein. Ich hätte schwören können, die scharfe Klinge berührte kaum seinen Jackenstoff, prallte stattdessen, wie zuvor der Schläger, mit der gleichen Geschwindigkeit ab, traf den Dicken, zu dessen Glück, mit der stumpfen Seite dicht an seinen fetten Hals und brachte auch ihn augenblicklich zu Boden.

Ich hielt den dritten Nazi umklammert, versuchte, ihm den Baseballschläger abzunehmen, wurde aber von einem Schläger, der wieder von Frizz abprallte, ins Gesicht getroffen. Es knirschte und knackte in meinem Kopf, als Nasen- und das Jochbein brachen.

Ab da bin ich mir nicht mehr sicher, was geschah.

In meiner Wohnung kam ich wieder zu mir.

„Bereit", fragte Frizz.

Ich nickte und nuschelte: „Chrankenaus", aber Frizz schüttelte seinen Kopf.

Ich bemerkte, dass er sowohl sein als auch mein Hemd ausgezogen hatte.

„Press deine Unterarme gegen meine und greif in die Ellenbogenbeuge. Der Körperkontakt müsste reichen."

„Eichen? Hohür", fragte ich und es tat sauweh.

„Mach!"

Ich griff seine Unterarme wie beschrieben und hatte sofort die seltsamste Körpererfahrung meines Lebens.

Zuerst kribbelte es an den Berührungspunkten.

Dann krabbelte etwas, ich sah es nicht, die Arme hoch, bewegte sich zum Hals nach oben, umhüllte meinen Kopf, und gleichzeitig nach unten, wobei es den Rest des Körpers umfloss und doch irgendwie haften blieb.

Fremde Bilder tauchten in meinen Gedanken auf. Durchsichtige Bildschirme, Grafiken, Karten, Ordner, dann Frizzens Stimme: „Los geht es.“ Einer der Ordner wurde geöffnet, etwas ergoss sich in meinen Kopf. Ich spürte Hitze und Kribbeln in meinen Verletzungen und dachte noch, so müsse sich Heilung anfühlen. Dann ließ Frizz los. Sofort verschwanden alle fremden Wahrnehmungen.

Einzig um Nase und Wange blieb ein warmes Gefühl zurück.

„Alles klar“, fragte Frizz. „Tut noch irgendetwas weh?“

Ich schüttelte den Kopf. Weh? Ganz im Gegenteil. Ich fühlte mich stark, groß, gesund und müde. Doch erschien mir Frizz plötzlich sehr fremd.

2

„Wir müssen reden.“

Ich hatte tief und fest geschlafen, keine wilden Träume, aber nach dem Aufwachen bin ich sofort zum Spiegel gerannt. Gesichtskontrolle.

Kein blaues Auge, keine Schwellung. Die Erinnerung an das Kribbeln, an das Gefühl der Heilung kam zurück, genau so, wie die plötzliche Fremdheit meines Mieters.

Es verunsichert mich, wenn jahrelang Vertrautes ohne großes Tamtam plötzlich seine Inhalte ändert, und verunsichert zu sein mag ich gar nicht.

Frizz saß im Garten, eine dampfende Tasse Kaffee in der Hand.

„Ich liebe dieses Getränk", sagte er. „Da, wo ich herkomme, gibt es nichts Ähnliches."

„Das wirft die interessante Frage auf, wo Du eigentlich herkommst."

Frizz pustete in seine Tasse, schaute mich über den Rand dabei an.

„Ich bin nicht dumm, Frizz. Was Du da gestern mit meinem Gesicht gemacht hast, von so einer Technologie hab ich noch nicht gehört. Und die Sache mit der Machete oder den Baseballschlägern. Ich hab da keine Erklärung für. Und das macht mich nervös."

Frizz nickte. „Hast Du eine Theorie?"

„Ich spekuliere nicht gerne, Frizz. Sag mir einfach, was los ist."

Frizz lachte.

„Für den Anfang könntest Du ja vielleicht verraten, wo Du herkommst. Oder, wo es keinen Kaffee gibt."

Wieder lachte er und streckte mir die linke Hand entgegen, während er mit rechts am Kaffee nippte. Ich ergriff sie und sofort hatte ich die Bilder vom Abend zuvor in meinem Kopf. Durchsichtige Bildschirme, Grafiken, Karten. Die Karten wirbelten umher. Ich erkannte Seezeichen und Landmarkierungen, aber das Wirbeln ging weiter. Fremde Symbole erschienen, das Gefühl eines Zooms, auch, wenn ich in der Dunkelheit keine Bewegung erkannte.

Dann, ganz weit entfernt, ein Punkt der größer wurde, anwuchs zu einem Planeten, eingerahmt von Symbolen, Zeichen und Text einer mir völlig fremden Schrift.

„Da komm ich her", flüsterte Frizz, um meine Staunen nicht zu stören.

Der Zoom ging weiter, tiefer, durch die Atmosphäre des Planeten Richtung Oberfläche.

Vorbei an so etwas wie schwebenden Städten, tiefer, langsamer, durch Wolken, in der Ferne ein Horizont in felsiger Formation, noch tiefer, abwärts entlang künstlicher Objekte. Wohnanlagen, Fabriken, es war nicht zu erkennen.

„Was ist das?"

„Na. Meine Heimat. Sagte ich doch."

„Nein. Ich meine das, was Du gerade mit mir machst"

„Sieh es als Äquivalent zu Euren Fotoalben. Das sind alles gespeicherte Bilder."

„Wo gespeichert?"

„Na hier. In meiner Smartskin."

„Smartskin."

„Das mochte ich schon immer an Dir. Du kommst schnell aufs Wesentliche."

Ich verstand gar nichts. So musste ich auch geschaut haben, denn Frizz lachte und ließ los. Sofort verschwanden alle Bilder.

„Du bist neugierig und zurückhaltend. Zwei Eigenschaften, die ich sehr schätze."

„Frizz", keuchte ich, „meine Zurückhaltung bricht gerade auseinander. Was ist ein Smartskin?"

Er schaute mich intensiv an. Eine Ewigkeit, wie mir schien, dann fragte er leise: „Vertraust Du mir?"

„Grundsätzlich schon. Aber im Moment vertrau ich noch nicht einmal meiner eigenen Wahrnehmung."

Er lachte über das ganze Gesicht, stellte die Tasse auf den Gartentisch, ging in den Schuppen mit den Werkzeugen und kam mit mit einem langen Gurt zur Befestigung von Ladung zurück. Er trennte ihn in zwei Teile und improvisierte so etwas wie zwei Verschlüsse.

„Dreh Dich bitte. Mit dem Rücken zu mir."

Ich tat, wie verlangt, und er schlang in Brusthöhe den einen Gurt um uns beide, den anderen auf Taillenhöhe, und dann ging es sehr schnell. Er sagte noch: „Jetzt nicht erschrecken" dann waren wir woanders.

Es war dunkel. Es war warm. Es roch nach Hitze und Meer. Vor mir glühte die Landschaft, während Frizz uns von den Gurten befreite.

Ich stand unsicher auf meinen Beinen, bückte mich, um den Boden zu berühren. Glatt, warm. Ich hörte eine laute Brandung.

„Hawaii", sagte ich, einer Eingebung folgend.

„Gut."

„Ist das echt, oder auch aus Deinem Fotoalbum?"

„So echt wie Du und ich."

Ich fühlte mich seltsam taub, gedanklich taub. Ich war in Hawaii. Schön.

„Alles ok mit Dir", fragte Frizz vorsichtig. „Du siehst blass aus. Lass uns einen kleinen Spaziergang machen."

Ich blickte in den klaren Nachthimmel. Mond und Sterne waren da, aber es sah alles ganz anders aus. Hubschrauber knatterten entfernt über uns, und da war ein blinkendes Flugzeug.

Die Taubheit blieb. Nach zehn Minuten erreichten wir eine breite Straße. Müll von diversen Burger-Taco- und Pizzaläden lag im Graben, und ganz plötzlich kam ich mir sehr hilflos, unwissend, winzig vor.

„Ich zeig Dir was anderes. Vielleicht begreifst Du dann. Bleibst Du bitte mal stehen."

Wieder spürte ich die Gurte um Schulter und Taille. Wieder das leise: „Nicht erschrecken".

Dann standen wir im Nirgendwo. Grau, staubig, steinig.

„Wir dürfen hier auf keinen Fall die Gurte lösen. Du wärst sofort tot."

„Du nicht?"

„Nein, Meine Smartskin schützt mich."

„Wo sind wir?"

„Was meinst Du?"

Ich hatte eine Ahnung, wollte sie aber nicht zulassen. Bis Frizz sich, und damit auch mich langsam drehte.

„Schau mal", sagte er leise.

Ich schaute. Meine Ahnung bestätigte sich, und fast so fort begann ich, berührt von der Erhabenheit der Aussicht, zu weinen.

Vor mir ging die Erde auf.

Haben Sie schon mal auf dem Mond geweint? Die Tränen fallen in Zeitlupe und verschwinden langsam in dem Staub.

Ich weiß nicht, wie lange wir dort gesessen sind. Zuletzt, nachdem ich ausgiebig über die Schönheit, die Zerbrechlichkeit des blauen Planeten und die Dummheit der Menschheit auf ihm geweint hatte und am Ende meine Tränen in ihrer Zeitlupenbewegung beobachtete, weinte ich um die Astronauten, die irgendwo hier auch schon mal gestanden hatten. Ihre Tränen konnten nicht heraus aus ihrem Anzug, hatten nie den Mond berührt.

Meine Hände konnten den Mondboden greifen, berühren, ihn durch die Hände rieseln lassen. Ich spürte die Konsistenz des Materials, seine weiche Körnigkeit. Ich sah, wie der Staub unter meinen Fingernägeln haften blieb. Ich wühlte wie ein Hund zwischen meinen Beinen, sah, wie der Staub in der Schwebe blieb, um dann unendlich langsam zu Boden zu sinken. Meine Hand griff etwas Festes, einen Stein, der gut in meine Hand passte. „Kann ich den mitnehmen?"

„Klar," antwortete Frizz. Wollen wir los?"

Ich wollte nicht, aber bevor ich noch „Nein" sagen konnte, standen wir schon wieder in meinem Garten. Meine Beine zitterten, als Frizz die Gurte löste, und fast wäre ich gefallen. Dann torkelte ich zum Komposthaufen und übergab mich ausgiebig, den Stein fest in meiner Hand umklammert.

Frizz indessen ging zum Gartentisch und nahm die Tasse Kaffee wieder in die Hand.

„Mir schmeckt das sogar, wenn er kalt ist."

3

Am frühen Nachmittag hatte ich mich mit Schlaf und Nahrung soweit gefangen, dass ich der neuen Realität entgegentreten konnte.

Ich war auf dem Mond gewesen. Den Stein hielt

ich beim Aufwachen immer noch in der Hand, die Fingernägel schwarz vom Mondstaub,

Realität.

Nochmal.

Vor knapp sechs Stunden hatte ich auf dem Mond gesessen, wäre vor Rührung und Glückseligkeit fast geschmolzen, und als Andenken hatte ich mir einen Stein und dreckige Fingernägel mitgebracht.

Ich schaute aus dem Fenster. Der Straßenverkehr rollte vorbei, Menschen liefen hin und her. Alles wie sonst und doch alles anders.

Da habe ich begonnen, Abschied zu nehmen. Von hier. Nichts Konkretes. Nicht für immer. Aber raus. So ganz tief drinnen war da schon diese Idee von weg.

Frizz hatte im Garten gearbeitet. Die Ernte lag auf dem Gartentisch. Tomaten, Paprika, Chili, Porree. Er hat ein Händchen für so etwas.

Ich sah ihn im Schatten des Kirschbaums sitzen, eine Tasse, wahrscheinlich Kaffee, in der Hand. Friedlich. Charmant.

Herzklopfen.

Ich ging, nahm auf dem Weg zu ihm einen Stuhl mit, stellte ihn neben ihn und setzte mich. Atmete tief ein.

„Heute Abend gibt es gefüllte Paprika. Ich liebe gefüllte Paprika. Ein Rezept ist übrigens von Deiner Mutter. Das mach ich aber heute Abend nicht. Ich hab Rosinen, etwas Reis, oder Bulgur, Zwiebeln sind auch noch da. Ich grabe gleich noch Kartoffeln aus. Die gibt es dazu. Isst Du mit? Dann grabe ich zwei mehr aus.“

„Äh, ja.“

„Schön.“ Er nippte an seinem Kaffee, stellte die Tasse auf die Untertasse in der anderen Hand und massierte sein rechtes Knie.

„Normalerweise würde meine Smartskin sofort dafür sorgen, dass das Knie geheilt und schmerzfrei ist. Vor ein paar Jahren hab ich ihr erklärt, solange der Genusspegel höher als der Schmerzpegel sei, bloß nicht einzugreifen. Es war nicht leicht, ihr das Konzept von Lust und Genuss näher zu bringen.“

„Ihr?“

„Na ja.“

„Eine Person? Bewusstsein?“

„Nein. Ja. Wir versuchen das noch herauszufinden.“

„Wir?“

„Die Smartskin und ich, wer denn sonst?"

„Was genau ist die Smartskin?"

„Gebaut hab ich sie als organische Intelligenz in einem hochenergetisches Fluid. Unsere Technologie ist fortgeschritten."

Ich konnte nur zustimmend grunzen. Frizz lachte.

„Wie auch immer. Wir sind jetzt über achtzig Jahre zusammen, und sie hat mich um neue Erfahrungen gebeten. Ich will hier aber erstens nicht weg und zweitens hat sie Geschmack an Dir gefunden."

„Yummi", sagte ich laut und bekam eine Gänsehaut.

„Was hältst Du davon, sagen wir, drei Jahre die Smartskin zu tragen. Ich werde in der Zeit hierbleiben, den Garten erweitern und das Haus etwas ökologischer gestalten."

„Und was soll ich machen?"

„Ernsthaft? Das fragst Du noch? Frizz blickte mich stirnrunzelnd an. „Ich zeig Dir, worauf Du achten musst, die Haut wird Dich vollinhaltlich unterstützen."

„Dann kann ich wieder auf den Mond?"

„Wenn es Dir in dem Katzenklo gefällt, klar. Aber in den Karten sind 32 Galaxien verzeichnet, in denen ich war und Planeten besucht habe. Da kannst Du auch hin. Du kannst auch auf dem Grund des Mariannengrabens spazieren gehen, aber die Aussicht da ist echt trübe."

Wieder hob er die Tasse, trank sie leer und stand auf. Es raschelte im Blätterwerk der Kirsche, Taube gegen Krähe.

„Ich grabe jetzt die Kartoffeln aus. Überlege es Dir."

Ich saß neben dem leeren Stuhl wie paralysiert. Sowohl körperlich als auch geistig. In mir kreiste nur eine Frage.

Gab es da wirklich etwas zu überlegen?

4

„Was genau muss ich tun?"

Ich wischte mit dem letzten Brotstückchen meinen Teller sauber. „Es war sehr lecker."

Während des Essens hatten wir geschwiegen. Kein peinliches Schweigen. Frizz hatte irgendwann mal gesagt, da lebten meine Eltern noch, Nahrung sei hier viel zu kostbar, als dass man den Genuss verquatschen sollte.

Danach waren meine Eltern sicher, dass er aus

dem Osten käme.

„Du musst nur aufmerksam sein. Mehr nicht, alles andere geht von alleine, oder ich erkläre es Dir. Kaffee?"

Ich nickte. Mein Mund war trocken, in meinem Hals klopfte die Aufregung. Frizz füllte zwei Tassen.

„Milch? Kondensmilch? Sahne? Zucker?"

Ich schüttelte den Kopf.

„Muss ich auf irgendwas Besonderes achten? Ich will nichts kaputt machen."

„Schön zu hören. Und nein. Nach dem Kaffee wird Alles besonders sein."

Wir saßen in seiner Küche. Ich räumte Besteck und Geschirr in die Spülmaschine, während er die Tassen auf den Tisch stellte. Alles wirkte sehr ordentlich. Der Geruch von geschmorter Paprika lag noch in der Luft und vermischte sich mit dem von frischem Kaffee.

„Eure lineare Ausrichtung ist ein interessantes Konzept, wird Euch aber nicht aus diesem Sonnensystem lassen. Ihr denkt in Entfernungen. Ganz allgemein." Kaffeeschlürf. „Bis auf ein paar Quantenphysiker. Aber die versteht kaum jemand."

„Ich versteh auch grad nicht."

Wissen Sie, wie schwierig es ist, möglichst schnell eine Tasse heißen Kaffee auszutrinken, ohne sich die Zunge zu verbrennen oder zu wirken, als hätte man es eilig. Ich vibrierte vor Ungeduld.

„Aber Du bist neugierig und urteilst über einen Gedanken erst, wenn Du ihn durchdacht hast. Das ist viel wert." Er lachte. „ Immerhin ist Hubble uns ganz schön nah gekommen."

„Könntest Du es mir im Planetarium zeigen?"

„Wo ich herkomme? Nein. Nicht nach euren Erkenntnissen."

„Und was mach ich, wenn ich da bin?"

„Wo?"

„Wo Du herkommst. Was soll ich da machen?"

„Das ist auch süß an euch. Immer machen. Du musst gar nichts machen. Sei erst mal, wo immer Du sein willst, und verschaff Dir einen Überblick." Er nahm einen großen Schluck, stellte die Tasse ab und schaute mich an.

Meine Kehle zog sich vor Aufregung zusammen. Mein Geist angelte wild im Jungschen Meer des Unbewussten, verfing sich in Religion und warf mir einen Brocken davon vor die Füße.

Ich dachte an den Teufel, an Faust und an

Dämonen. Fragmente alter Beschwörungsformeln aus meiner Jugend schossen mir durch den Kopf und brachten mich zum Lachen.

„Alles gut?" Frizz wirkte besorgt.

„Ich hab Dich grade mit Mephistopheles und die Haut mit einem Dämon verglichen."

„Lass ab von Religionen, Bub!"

Seine Stimme donnerte bassig. Dann prustete er los und schlug sich auf die Schenkel.

„Dir geht der Arsch auf Grundeis. Wollen wir beginnen?"

Hastig stand ich auf und rieb mir die feuchten Hände.

„Am besten, Du ziehst Dein Hemd aus."

Ich tat wie befohlen.

„Streck die Unterarme aus."

Seine nackte Haut presste sich an meine. Dann begann es.

Wieder dieses Kribbeln, intensiver, es umfasste schnell den gesamten Körper, wirkte bis in den Knochenbau. Mein Gehirn wurde massiert. Anders kann ich es nicht beschreiben. Ich spürte, wie die Verbindungen mit Rechts und Links vibrierten, wie jedes Areal berührt und aktiviert wurde.

„Ahh," hörte ich eine sinnliche Stimme. „Da ist noch vieles ungenutzt."

Sie war weich, tief, irgendwie weiblich.

'Irgendwie' deswegen, weil ich so verwirrt war.

Ich konnte die Sprecherin nicht lokalisieren, aber klar hören.

Ich blickte Frizz an. Der hatte die Augen geschlossen.

„Alles gut bei Dir?" Er sah plötzlich erschöpft aus.

„Alles gut. Ich hab die Smartskin nun schon so lange getragen, dass ich vergessen hab, wie es ist, ohne sie zu sein."

„Schlimm?

„Ungewohnt. Genau das wollte ich. Eins zu eins menschlich sein. Keine Hilfsmittel. Aber jetzt zu Dir."

Er öffnete die Augen.

„Sie ist jetzt komplett bei Dir. Schon irgendwelche Änderungen spürbar?"

Ja, ja, ja, lachte mein Körper, der gar nicht mehr aufhören wollte, zu erschauern. Ich konnte nicht antworten. Meine Aufmerksamkeit lag ganz innen, obwohl ich Frizz mit offenen Augen anschaute.

Innen ging die Musik ab.

Ich fühlte mich in Bereichen meines Hirns

angesprochen, in denen nie zuvor ein Mensch gewesen war. Hinter meinen Augen entstand eine Bedienungsoberfläche, die ich gierig studierte. Die weiche Stimme erklärte einleuchtend ihre Handhabung.

„Schau nach außen."

Ich wusste sofort, was sie gemeint hatte, denn plötzlich stand Frizz wieder da. Ich hatte die Augen immer noch offen.

„Und?"

Ich schnappte nach Luft wie ein Karpfen an Land.

„Ich glaub, ich kann grad nicht reden."

„Doch. Kannst Du. Versuch beides. Ist wichtig. Sieh mich und die Steuerelemente. Gleichzeitig. Das muss Dir zur zweiten Natur werden."

Ich brauchte mehrere angestrengte Versuche, bis es mir mit einem leichten Schielen gelang, beide Bilder, draußen und drinnen, gleichzeitig zu sehen.

Frizz lachte die ganze Zeit, während er fasziniert meine Gesichtsverrenkungen beobachtete.

„Du brauchst einen Safeplace. Wo Du, ohne nachzudenken erscheinen kannst.

„Meine Wohnung."

„Einen Quadratmeter in Deiner Wohnung. Mehr

nicht.“

„Komm“, sagte die Stimme in mir. „Such Dir einen guten Platz.“

Ich ging in meine Wohnung, ein Stockwerk höher, überlegte nicht lange, sondern malte mit Kreide einen Kreis auf den Holzfußboden, in dem ich bequem stehen konnte.

„Ausgemessen, notiert und gesichert“, verkündete die Stimme.

Ich sah die Längen- und Breitengrade meines Kreises aufblitzen, dann eilte ich treppab zu Frizz.

„Ab jetzt sind Entfernungen für Dich nur noch theoretisch. Probier es mal.“

Ich blickte auf das Bedienungspult, sah das Startfeld mit aktueller Positionsangabe, sah das Zielfeld leer.

Mit einem Gedanken etwas anzutippen, will auch gelernt sein. Ich brauchte etliche Versuche, das leere Feld anzudenken. Eine Auflistung erschien. Ganz oben mein Safeplace. Diesmal funktionierte das Andenken schon schneller, mein Safeplace erschien im Zielfeld. Kaum war das geschehen, poppte ein großer, grüner Punkt auf.

„Ich trau mich nicht“, kicherte ich wie ein Schulmädchen. Frizz schwieg. Ich drückte den

Knopf und stand in meiner Wohnung. Genau im Kreis.

„Ha", brüllte ich und rannte wieder herunter. Frizz war aus der Küche verschwunden. Ich rannte durch seine Wohnung, bis ich ihn im Schlafzimmer fand.

„Ich geh schlafen. Drei Jahre sind schnell vorbei. Was machst Du noch hier?"

„Danke!" Ich ging auf ihn zu, umarmte ihn.

„Nu ist gut, Bub", sagte er nach einer Weile und löste sich. „Ich wette, Du wirst heute noch auf dem Mond spazieren gehen. Gute Nacht."

Damit schob er mich sanft aus dem Zimmer.

5

Ich ging treppauf, zurück in meine Wohnung. Mond. Alleine dort. Dieser Gedanke hatte etwas. Ich wurde von Unruhe überflutet.

„Deine Werte schießen gerade in die Höhe. Soll ich Dir etwas zur Beruhigung geben?"

„Bloß nicht", sagte ich laut.

„Deine Gesundheit und Dein Wohlergehen sind meine höchste Priorität."

„Ist lieb von Dir, aber Danke nein." Diesmal

stimmlos.

Setzte mich in meinen Sessel. Atmete durch.

Begann, die Ziele durchzuscrollen.

Ich kam mir vor wie früher, als Kind. Mit dem Finger über die Städtenamen im Diercke-Schulatlas, Phantasie an und losgereist.

Jede Entfernung ist theoretisch, hörte ich Frizzens Stimme. Verrückt, aber je größer die Auswahl, desto weniger konnte ich mich entscheiden.

Meine Gedanken purzelten durcheinander, vermischten sich mit aktuellen Nachrichten, die ich an dem Tag gehört hatte. Naziterror in Berlin, Demonstration der Behindertenverbände gegen das neue Teilhabegesetz, Trennung von Angelina und Brad. Von Angelina zu Lara Croft in irgendwelchen Tempelanlagen, Angkor Wat. Das wollte ich schon immer mal sehen. Fand siebzehn Zieleintragungen dazu.

„Die ersten vier Ziele sind relativ sicher, bei dem Rest besteht die Gefahr einer zufälligen Sichtung."

„Wenn da irgendwer auf dem Platz steht, auf dem ich erscheine, verschmelze ich dann mit dem?"

„Nein. Keine Sorge. Wegschubsen vielleicht, verschmelzen auf gar keinen Fall."

Also gut, dachte ich. Kambodscha. Ich gab das Ziel ein, der grüne Knopf erschien, tief Luft geholt, gedrückt und fiel hintenrüber auf nasses Kopfsteinpflaster in der Dunkelheit.

Nicht im Sitzen starten, vermerkte ich. Der Sessel kommt nicht mit.

Es war Nacht, aber fast Vollmond. Keine Menschenseele weit und breit. Es regnete stark, aber ich wurde nicht nass. Hob den Kopf, sah die Tropfen entgegenkommen und abprallen. Gut. Ich blickte mich um. Quadratischer Innenhof, vielleicht zwei mal zwei Meter. An jeder Ecke ein, konisch zulaufendes, rundes Türmchen. Hinter mir ein Durchgang für kleine Menschen. Ich musste mich tief bücken, krabbelte fast und stand am Ende aufrecht und in geringer Entfernung zum Haupttempel. Sehr beeindruckend. Sehr unwirklich.

Es roch nach kalten Räucherstäbchen und feuchter Erde. Ich hörte Frösche quaken, sah sie sitzen auf Seerosenblättern. Palmen im Mondlicht. Ich bewegte mich vorwärts. Vorsichtig, nach allen Seiten sichernd. Keine Menschenseele.

Erst, als ich nah genug beim Haupttempel war, wo ich die wunderschönen Wandreliefs der

Tempeltänzerinnen vorsichtig mit der Hand berührte, bekam die Realität etwas Substanz. Mein Verstand wollte noch nicht so richtig glauben, was ihm gerade widerfuhr.

Es knirschte unter den Schuhen, als ich den Hauptsaal betrat.

Aus Dokumentarsendungen wusste ich, dass sich tagsüber hier die orangenen Mönche aufhielten. Es war kühl, es roch nach Blumen, Obst und kaltem Stein. Auch hier kein Mensch. Ein Drahtmülleimer an einer Säule gab meiner Realität Futter. Weiße Plastikbecher und Burgerkartons taugen gut dafür.

Aus einer Seitentür schwankte erst der Kegel einer Taschenlampe, dann waren Schritte zu hören. Ich erschrak, versuchte noch, mich hinter einer Säule zu verstecken, aber der Schein der Lampe hatte mich erfasst. Jemand rief mich an. Herrisch. Security.

Mein Hasenherz machte einen Satz, dann folgten meine Beine. Ich rannte los, was das Zeug hielt, der Wachmann hinter mir her. Raus ins Freie, in den Regen. Der Wachmann kam näher.

Safeplace, dachte ich, Safeplace und packte den Begriff in die Zieleingabe.

„Tu das nicht", sagte die Stimme ruhig, aber im Rennen schaffte ich es, den Knopf zu drücken und rannte mit voller Wucht vor meinen Wohnzimmerschrank.

Glas splitterte, Holz brach. Ich flog durch den Rückprall quer durchs Wohnzimmer, teilte mit meinem Hintern den Flachbildschirm in der Mitte und kam auf der Kommode zu sitzen.

Dann hörte ich, wie Frizz die Treppe hocheilte. Im Türrahmen zum Wohnzimmer blieb er stehen, besah sich das Chaos und lachte laut los.

„Der kinetische Impuls von Dir verschwindet nicht während des Übergangs. Das weißt Du jetzt."

„Aua."

„Tut Dir irgendetwas weh", fragte die Stimme besorgt. „Ich kann keine körperlichen Schäden feststellen."

„Ist Dir das auch schon passiert?"

„Nicht in diesem Ausmaß, aber ja. Natürlich. Warum bist Du gerannt?"

„Ich war in Panik. In Angkor Wat kam der Sicherheitsdienst."

„Und?"

„Ich wollte mich nicht erwischen lassen."

„Aber Dir kann nichts passieren. Selbst, wenn sie

auf Dich geschossen hätten. Die Smartskin schützt Dich vor allem."

„Etwas zu wissen, bedeutet nicht, dass man auch dementsprechend reagiert."

„Ich geh wieder schlafen. Sieh zu, dass Du Deinen Safeplace freiräumst."

Frizz verließ das Trümmerfeld, ich holte einen Besen.

Nachdem die Raummitte frei war, ging ich in den Garten und setzte mich unter die Kirsche, ein Ziel zu finden.

Australien hatte mich schon immer gereizt, aber da war es jetzt drei Uhr morgens. Nichts los. Ich scrollte durch die Zieleingaben, sah einen Europaordner, öffnete ihn, erkannte aber keine der Eintragungen. Wieso hatte Frizz hier keine Städtenamen benutzt?

Ich packte die erste Zahl in die Zieleingabe, stand vom Stuhl auf, atmete durch und los.

Zumindest ist hier keine Nacht, dachte ich und erkannte fast sofort meinen großartigen Fehler in meiner Schockstarre.

Ich war auf Europa, einem der Monde des Jupiter. Ein paar Kilometer vor mir, riesengroß und fast das gesamte Blickfeld einnehmend, stand eine

Wasserfontaine, die sich ins All ergoß.

Hinter mir, noch größer, hing Jupiter.

„Betretet nicht Europa", hörte ich Bowmann sagen.

Vorsichtig bewegte ich mich ein paar Schritte. Der graue Untergrund war glashart gefroren, aber das Grollen und Beben in ihm, ich konnte es durch die dünnen Sohlen meiner Turnschuhe spüren, ließ auf eine Menge Aktivitäten schließen.

„Wieso kann ich hier atmen", fragte ich die Haut.

„Kannst Du nicht. Ich versorge Dich mit Atemluft."

„Für wie lange?"

„Fünf Stunden. Dann bringe ich Dich dahin, wo Atemluft ist."

Ich wippte leicht mit den Knien und schwebte prompt zwei Meter über dem Boden.

Das Gefühl kannte ich aus meinen Träumen. Das machte es schwer, die ganze Situation für real zu halten.

„Mir kann nichts passieren, sagst Du?"

„Ja."

Ich nahm Anlauf und sprang hoch. Sehr hoch. Unglaublich hoch und der Wasserwand entgegen, die immer noch um ein Vielfaches höher war.

Geringe Schwerkraft hat übrigens in den drei Jahren nichts an ihrer Faszination verloren.

Ich war auf drei Planeten mit höherer Schwerkraft. Kein Vergnügen. Gar nicht. Bäuchlings zu kriechen mit dem Gefühl, einen Felsen auf der Wirbelsäule zu transportieren, macht einfach keinen Spaß.

Europa mag für Wissenschaftler oder zukünftige Weltraumflüge interessant sein, für mich war die Faszination nach einer Stunde Geschichte. Viel Eis, unterseeische Vulkane, hier und da Geysire, die allerdings zehn mal so groß wie die größten irdischen Heißwasserfontainen. Keine Pommesbude, kein Drahtmülleimer. Die Erde kann man mit bloßem Auge auch kaum erkennen.

Also spazierte ich für den Rest der Atemzeit auf dem Mond herum.

Na ja. Ich hüpfte.

6

Im Lauf der nächsten Monate besuchte ich sämtliche Planeten und Monde unseres Sonnensystems.

Der Mars erinnert mich an einen kaputten

Bolzplatz mit Ascheboden im Ruhrgebiet.

Ich war versucht, mich vor das Marslabor *Curiosity* zu stellen und zu winken, oder auf seinem Weg ein Smiley auf den roten Boden zu malen, aber Frizz hatte mich gebeten, genau das nicht zu tun.

„Zwei Gründe", hatte Frizz gesagt. „Dieses 'Spuren hinterlassen' hat eurem Planeten, genau wie meinem, nicht gut getan. Wir sind doch nur Nanobots in der Gottesmaschine und sollten behutsam mit unserer Umgebung umgehen. Der zweite Grund: eure Gesichtserkennungssoftware ist zwar lahm, aber irgendwann stünden sie hier vor der Tür und würden unangenehme Fragen stellen. Das wollen wir doch beide nicht."

Der Saturn ist optisch eine Granate. Auf der Oberfläche zwar die Hölle, aber ich bin in geringer Entfernung zu den Ringen im All gestanden. Das ist großartig und einer der besten Plätze für eine tiefe Meditation.

Dafür eignen sich die Umlaufbahnen von Planeten oder Monden übrigens generell.

Ich liebe es, mit dem Gesicht zur Erde in der Umlaufbahn zu hängen.

Unter mir schwebt die kleine, blaue Kugel,

Kontinente, Wolkenformationen, die Ozeane; manchmal, wenn irgendwo starke Gewitter sind, schießen die Kobolde ihre Blitze ins All. Das ist wunderbar.

Nur der Müllgürtel nervt. Und ich schäme mich dafür. Nicht dafür, dass er nervt, sondern dafür, dass wir wirklich alles zumüllen.

Ich hab nicht explizit nach Leben geschaut in diesem Sonnensystem. Mikroben interessieren mich nicht so besonders. Da gibt es bestimmt hier und da ein paar Kolonien an Europas schwarzen Rauchern unter der gefrorenen Oberfläche, die Hitze und Schwefel geil finden, aber wie ich schon erwähnte, bin ich kein Wissenschaftler.

„Gibt es irgendwo Leben", fragte ich eines Tages die Haut.

„Überall. Aber Du suchst nach zwei Armen, Beinen, Rumpf, Kopf, Bewußtsein und Sprache. Davon gibt es sehr wenig. Unter dem Oberbegriff 'Tiere' gibt es mehr."

„Aber nicht in unserem System."

„Ja."

„Dann bring mich bitte dorthin, wo Tiere sind."

Eine lange Zahlen-und Buchstabenreihe erschien als Zielgebiet.

„Starten musst Du schon selber. Ich kann das nur in Notfällen."

Es war warm, klatschig, 120 % Luftfeuchtigkeit. Weicher Boden, der in meiner Umgebung aus rotem Moos zu bestehen schien. Geringe Schwerkraft. Etwas Kleines, vierfüßiges, mit Saugnäpfen am Ende der Extremitäten und und einem Napf am Bauch, paddelte in der Luft an mir vorbei.

Ich drehte mich auf der Stelle. Eine sanft hügelige Ausdehnung, hier und da ragte etwas in die Luft. Der Himmel beleuchtete die Landschaft, aber so etwas wie eine Sonne konnte ich nicht sehen.

„Ok", sagte ich und schlenderte los, bis ich über mir ein leises Grollen hörte. Etwas großes, Einfamilienhausgroßes trudelte langsam auf mich zu. Ich wollte schon losrennen, da kam, ebenfalls von Oben, zwei dieser Paddeltiere, diesmal riesengroß. Sie hefteten sich an den Brocken und lösten ihn auf, bevor er den Boden berühren konnte. Dann paddelten sie mit diesen Saugnäpfen, groß wie Fallschirme, wieder Richtung Himmel.

Das war schon mehr nach meinem Geschmack. Ich nahm mein altes Tempo wieder auf. Nach dem roten Moos trat ich vorsichtig auf eine glänzende, gläsern wirkende Oberfläche, die sich sofort blasig aufbäumte und mich zurückwarf. Also außen herum.

Die glatte Fläche wurde eingerahmt von etwas Gallertartigem, ziemlich aggressiv. Ich konnte durch die Haut spüren, wie das Gelee meine Füße auflösen wollte. Es war wie waten in einem Trog bissiger Sülze. Kaum hatte ich den Geleestreifen durchschritten, begann irgendwo, weit ab von mir, ein flirrendes, ansteigendes Geräusch.

Gleichzeitig pockerte es unter meinen Füßen. Sowohl das Flirren, als auch das Pockern schwollen an.

Ich erkannte Bewegung vor mir. Wie Wind in einem Weizenfeld. Aber da war kein Wind, und die Ähren rasten auf mich zu. Stabheuschrecken beim Staffellauf, dachte ich, bis die Vorhut nicht mehr weit entfernt war.

Die Ähren waren zwischen 1,20 m und 2,00 m groß, stachelig und in Panik. Die rannten nicht freiwillig so schnell.

Die Geräuschkulisse wurde unerträglich, bis ich spürte, wie die Haut meine Gehörgänge abschottete. Dumpfer, weiter entfernt klang es, aber das Pockern unter meinen Füßen war einer heftigen, bebenartigen Vibration gewichen.

Die Stacheldinger rannten an mir vorbei, auf mich zu und wichen aus. Wie ein Halteverbotsschild im Überschwemmungsgebiet fühlte ich mich. Bis ich den Felsbrockentsunami, der auf mich zurollte, als solchen erkannte. Ich dreht mich und sah, wie sich die Stacheldinger weit hinter der glänzenden Oberfläche sammelten und zum Stillstand kamen. Ich nahm den direkten Weg durch das Gelee,diesmal aber in Sprüngen. Einige von den Stacheldingern waren in die Sülze gerutscht, wo sie sich dampfend auflösten.

Als ich am Ende der glänzenden Oberfläche angekommen war, hatten mich die Felsbrocken fast eingeholt. Doch sobald sie die Oberfläche berührten, blähte diese sich und schubste alle Steine nach oben, wo sie in dem leuchtenden Himmel verschwanden.

Vor lauter Staunen bekam ich nicht mit, wie die meisten Stacheldinger, zumindest die, die auf dem roten Moos standen, langsam ihre Farbe von vormals fahlgelb in dunkles Rot änderten, um schließlich zu Staub zu zerbröseln.

Dumpfe Stille, halliger Kopf, lautes Schlucken, bis

die Haut die Stöpsel zurücknahm. Dann schaltete ein uraltes Gamemodul in mir welches befahl: Renn, der nächste Steinschwall kommt bestimmt. Ich rannte, jetzt mit Riesensprüngen, zuerst über die Sülze und dann in die Richtung, aus der der Tsunami gekommen war. Die Landschaft flog vorbei.

Ich hatte meine Augen hauptsächlich da, wo ich landen würde, mußte aber auch ab und an ein Auge auf weiter vorne riskieren.

Der Untergrund wurde immer glatter, immer geschliffener. Ähnelte ein bißchen den Bildern von ehemaligen Gletschern auf der Erde. Ein breite Rinne, die sich an beiden Seiten der Ränder hoch wölbt und die vor kurzen Ewigkeiten noch Schnee und Geröll ttransportiert hat.

Am Ende des Gletschers war es schwarz. Tiefschwarz. Was erst wie ein kleines Loch aussah, entpuppte sich beim Näherhüpfen als eine Öffnung, durch die zwei Jumbos gepasst hätten. Dahinter war das All.

Je näher ich der Öffnung kam, desto geringer wurde die Schwerkraft. Am Ende klammert ich mich am Rand fest und kletterte nach außen. Ein großes Geröllfeld hing verteilt im Raum und wurde von zwei ebenso großen Dingern wie das, an dessen Rand ich jetzt klebte, durchpflügt.

Ich kletterte über schroffes Gestein, um mir eine Übersicht zu verschaffen.

Das Ding war groß wie ein kleiner Mond und fraß herumschwebendes Geröll.

Keine Planeten weit und breit, dafür zwei entfernte, gegenüberliegende Sonnen, die in dem Geröllfeld bizarre Schatten schufen.

Ich entdeckte noch mehr von diesen Steinbeißern.

Ein Rudel fetter Karpfen. Steinbeißerkarpfen.

Benannte Dinge sind nicht mehr fremd.

7

Frizz werkelte in der Zeit am Haus. Er erwies sich als ein geschickter Arbeiter. Im Keller schnurrte eine, von ihm modifizierte Brennstoffzelle, die neuen Fenster waren ein Segen für das gesamte Klima im Haus.

Wir redeten nicht viel über meine Reisen.

Ich redete insgesamt nicht mehr viel. Was gab es auch schon zu sagen. Mein Alltag hatte sich in etwas Wunderbares verwandelt, und Alltag war genau das richtige Wort dafür.

Ich verbrachte meine Tage im All.

Ab und zu besuchte ich auch Orte auf der Erde.

Dafür war die Haut echt praktisch. Ich verstand Frizz sehr gut, wenn er mir zur Diskretion riet.

Diktatoren töten, kein Problem. Trump entsorgen? Nichts leichter als das.Tresore leeräumen? Noch vor dem Frühstück. Oder Superheld sein, alles möglich.

„Ich hab mit Martin Nodell damals eine ähnliche Unterhaltung geführt", sagte Frizz. „Aber er meinte nur, einem Comic würde niemand glauben."

Ich schüttelte den Kopf. Den Namen kannte ich nicht.

„Green Lantern?"

Davon hatte ich gehört, war aber kein Fan.

„Ihr seid mit eurer menschlichen Evolution des Individuums schon recht weit gekommen. Was zu wünschen übrig lässt, ist die Evolution eurer gesamten Spezies. Da seid ihr echt lahm. Eure Schwärme sind Monster."

Das sehe ich ähnlich. Die Menschheit, ausgerüstet mit einer Smartskin, wäre für alle Welten der Universen eine Bedrohung.

„Deswegen finde ich es hier so interessant. Wir

sind auf einer Stufe, in der Neugierde schon lange nicht mehr das antreibende Element ist. War mir zu fad. Statisch. Hier ist noch Leben drin. Auch, wenn ihr wirklich fahrlässig damit umgeht."

„Ich war noch nicht in Deiner Welt."

„Mi casa et su casa. Mein Safeplace steht Dir zur Verfügung."

Mir war lange nicht klar, wieso ich seine Welt nicht eher besucht hatte. In mir gab es tatsächlich etwas, das sich fürchtete, einen Vergleich mit anderen, bewohnbaren Planeten zu machen. Als ob es da diese Angst gebe, einen besseren Platz zu finden und mich für eine Welt entscheiden zu müssen. Mein kleinliches, menschliches Ich.

„Soll ich wen grüßen?

Frizz schlürfte seinen Kaffee, schaute mich über den Rand der Tasse an und schüttelte kaum merklich den Kopf.

Ich öffnete seinen Privatordner, fand eine lange Reihe von sicheren Plätzen, die oben auf der Liste standen.

„Die ersten drei sind in meiner Hauptwohnung, die nächsten in meinem Ferienhaus. Hab Spaß."

Ich drückte den Knopf und landete im schwärzesten Schwarz im Nirgendwo.

„Aahh", seufzte die Haut wohlig.

„Wo sind wir?"

Im Nirgendwo zu schweben und nichts zu sehen, ist erschreckend. Außerdem kribbelte es im gesamten Körper.

„Wir haben die Hälfte der Strecke hinter uns. Ich halte wegen der dunklen Materie hier. Akkus auffüllen. Hier ist die Sättigung besonders hoch."

„Akkus?"

„Bildlich gesprochen. Meine Struktur besteht zu knapp 30% aus dunkler Materie. Bei Menschen beträgt der Anteil nur 0,0003 Promille."

„Aha."

„Sind gleich fertig."

Ehe ich etwas erwidern konnte, stand ich in einem fremden Raum. Hoch, rund, weiß, mit Fenstern bis zum Boden, durch die ein waberndes Licht einfiel.

„Jetzt nicht erschrecken", sagte die Haut neutral.

Etwas geschah mit meinem Körper. Leichtes Kneifen und Drücken, alles wurde geknubbelt, geknetet, neu geformt. Wülste entstanden an Bauch und Schultern. Mein Penis verschwand zwischen den Beinen und tauchte in Höhe des Bauchnabels als Knubbel wieder auf.

„Was machst du?"

„Mimikry. Schau in den Spiegel."

Ich ging durch den Raum, bis mir auf einer glänzenden Stelle an der Wand ein fremdes Wesen entgegen kam.

„Ui."

Ich war doch sehr überrascht. Meine eigene Haut schimmerte grün-metallisch, wie bei dicken Fliegen, meine Arme reichten bis zu den Knien, die Hände waren weg, dafür an jedem Arm sieben kleine Greifer, die, jeder für sich, etwas festhalten konnten.

„Praktisch", lachte ich, erschreckte mich aber über das Geräusch und das Aussehen meines Gesichtes. Viele Knubbel, keine Nase, kein Mund, dafür verschiedene Öffnungen in den Knubbeln, deren Funktion ich noch nicht einmal erahnen konnte.

„Landesübliche Kleidung findest Du in Kabine zwei."

Ich schaute mich um. Wo waren die Kabinen? Die Wände waren glatt, ich konnte nicht eine Tür entdecken.

„Du..."

„Pscht. Ich will es alleine rausbekommen."

Die Fenster interessierten mich. Worauf würde ich blicken? Ich dachte an Frizzens Fotoalbum, an die Türme, den gebirgigen Horizont.

Das einfallende Licht waberte immerzu, aber als ich näher kam, erlosch es, und ich schaute in einen Raum, der auf mich wie ein Labor wirkte. Durchsichtige Behälter mit Flüssigkeiten, blinkende Oberflächen. Ich blieb auf Abstand.

Das nächste Fenster war ebenfalls eine Lichttür. Ich vermutete einen Raum für die Körperhygiene. So etwas wie Badewanne oder Dusche sah ich nicht, aber etwas Toilettenähnliches.

Ein geschlossener Würfel auf Sitzhöhe an der Wand. Ich setzte mich. Unter mir öffnete sich etwas, passte sich meinen Backen an. Ich stand auf, sah Licht, hörte ein Zischen, und der Würfel schloss sich. An der Wand formte sich ein Becken in Bauchnabelhöhe. Schwierig. War das jetzt ein Waschbecken oder ein Urinal?

Wuschen sich die Leute hier überhaupt die Tentakelgreiferchen?

Ich trat zwei Schritte zurück. Das Becken wurde wieder zur Wand, aber jetzt entstand dicht um mich herum eine Art Kabine. Es kribbelte, mein Körper vibrierte. Das wirkte erfrischend. Ich trat einen Schritt vor, das Vibrieren stoppte, die Kabine verschwand. Hm.

Im nächsten Raum leuchteten in der Wand Abbildungen von Garderobe.

Ich stellte mich davor, und die Sache bekam Bewegung.

Es war ein Katalog von Kleidung. Ich tippte gegen ein Ensemble, das mir am unauffälligsten schien.

Ein Summen, ein Zischen, Klackgeräusche, ungefähr eine Minute lang, dann ein Geräusch von Etwas, das irgendwo reinfällt.

Ein Klappe öffnete sich. Es roch plötzlich seltsam. Nicht unangenehm, aber unbekannt. Hinter der Klappe lag die Kleidung. Sie fühlte sich warm an, von ihr kam der Geruch. Ich hatte den Eindruck, dass sie nagelneu, gerade erst hergestellt worden war.

Ich zog meine Klamotten aus. Erst jetzt sah ich, dass mein gesamter Körper, nach irdischen Maßstäben, keine Schönheit war.

Die Knubbel, die ich schon im Gesicht gesehen hatte, waren über den gesamten Körper verteilt. Zusammen mit der grün-metallischen Farbe sah ich aus, wie eine große Kröte auf zwei Beinen.

Mit der neuen und der alten Garderobe ging ich in

den runden Raum mit der reflektierenden Fläche an einer Wand. Meine alte Kleidung ließ ich auf den Boden fallen. Sofort kamen aus allen Ecken winzige Krabbeltierchen, und in nullkommanix waren alles verschwunden, aufgefressen, was auch immer.

Die kleinen Greiferchen an meinen Fingern erwiesen sich als äußerst nützlich. Mit jeweils einem Fingern fasste ich vorsichtig das an, was ich für eine Hose hielt. Schwarz-blau, dreiviertel lang. Passte perfekt. Feines Stöffchen.

Das Oberteil glich eher einem Kaftan mit Eingriff und innen liegender Tasche auf Bauchnabelhöhe. Aber auch der Kaftan passte perfekt, war dunkelgrau mit bordeauxroter Umrandung.

Die Schuhe glichen Stoppersocken, waren weich, wirkten aber stabil.

„Perfekt", sagte die Haut.

„Hat Frizz keinen Fernseher, oder ein anderes Infomedium?"

„Geh zur Wand."

Ich tat es, aber nichts geschah.

„Zeichne mit einem kleinen Finger einen Kreis und drück auf den Mittelpunkt."

„Egal wo?"

„Nein. Mittelpunkt."

„Ich mein, egal wo an der Wand."

„Egal wo."

Anfangs tat sich mein Gehirn etwas schwer mit der neuen Haptik. Meine sieben Greifertentakelchen hatten keine Knochen. Alles lief über Sehnen und Muskeln, die ich vorher so nicht hatte.

Die drei Greiferchen an jedem Finger ließen sich über die Kuppe legen, wirkten dann fast wie Fingernägel.

Ich zeichnete einen Kreis an die Wand, drückte dann auf den Mittelpunkt. Der leuchtete kurz auf, dann liefen über die runde Wand die unterschiedlichsten Bilder. Es wirkte wie in einem 360° Kino.

Ich malte einen unsichtbaren, vertikalen Strich an die Wand, drückte unten und schob einen imaginären Schieber leicht nach oben. Sofort plapperten alle Bilder.

Es verblüffte mich dann doch, dass ich alles verstand.

„Hat der keine Möbel", murmelte ich eher zu mir.

„Einfach setzen", erwiderte die Haut.

„Wie?"

„Oberkörper beugen, Knie beugen, das Gesäß Richtung Fußboden bewegen."

„Sehr lustig."

„Jetzt."

„Heiliger", murmelte ich bass vor Erstaunen. Je mehr mein Gesäß sich Richtung Fußboden bewegte, entwuchs diesem ein Hocker, dann Stuhl, dann Sessel, dann Sessel mit Fußbank. Dann lag ich in dem Sessel, die Füße hoch, schaute die fremden Bilder, hörte die unbekannte Sprache, die ich verstand und war fast sofort eingeschlafen.

8

Es kann nicht lange gewesen sein, und ich könnte schwören, dass der Sessel mich geschaukelt hat, aber als ich wach wurde, war ich ausgeruht wie schon lange nicht mehr.

Die Wand zeigte weiter mir völlig unbekannte Szenen einer, ziemlich unverständlichen Welt. Bei einem möglichen Sportereignis pieksten sieben Personen einen Einzelnen, während das

Publikum bei jedem Pieks akustisch reagierte mit Flapsen, Rülpsen oder Quieken.

Es war Fernsehn und mindestens so schlecht wie auf meiner Welt.

Vielversprechender schienen die Landschaftsaufnahmen. Pinke Flüssigkeiten in blauer Umgebung.

Der aufgemalte Lautstärkenregler leuchtete immer noch blass an der Wand. Ich zeigte auf ihn, zog ihn nach unten und es war still. Richtig still. Keinerlei Geräusche von außen.

Der Sessel registrierte meinen Impuls, aufzustehen und brachte mich sanft in die Vertikale.

Eine Idee ließ mich dicht an die Wand herantreten. Ich malte eine kurze Linie von oben nach unten, und wischte sie beherzt nach rechts.

Ein Sichtfenster von der Größe einer Tafel Schokolade erschien. Windgeräusche drangen herein.

Vorsichtig griff ich mit meiner Tentakelhand durch die Öffnung. Da war draußen.

Ich zog den Arm zurück, schob die Öffnung zu, malte einen Strich von der Höhe einer Tür und öffnete sie. Jetzt war der Wind lauter, trug

Körnchen und Steine in sich.

Ich trat hinaus. Kaftan und Hose flatterten.

Die Brüstung unter mir war eineinhalb Meter breit und besaß kein Geländer. Sie folgte der Rundung des inneren Raumes ein paar Meter, endete aber mit dem Beginn einer neuen Rundung. Es war kalt, windig und ging ziemlich tief abwärts. Wieder malte ich einen Strich, schob eine andere Tür auf und ging wieder in der Raum. Kaum war ich innen, schlossen sich beide Türen gleichzeitig. Ich durchquerte den Raum, malte an der gegenüberliegenden Wand einen Strich und öffnete die nächste Tür.

Hoppla, dachte ich. Das ist schräg. Wenn das das Treppenhaus ist, wo sind dann die Treppen?

Ich stand wieder auf einer Art geländerfreiem Balkon. Über mir ein Riesenschacht, unter mir ein Riesenschacht. In diesem Schacht schwebten Personen rauf und runter, unterhielten sich in der Schwebe, sanken abwärts, schossen aufwärts. Manche Balkone schienen Eingänge zu Läden zu sein, auf anderen saßen Leute und unterhielten sich. Ich drehte mich um. Ein großer Kreis mit einer geschwungenen Linie prangte an der Wand zu meinem Raum.

Ähnliche Zeichen entdeckte ich bei den Nachbarbalkonen. Das war meine Hausnummer.

„Soll ich Dir etwas zur Beruhigung geben. Dein Herz schlägt wie verrückt."

Tatsächlich pochte es so stark, dass mir der Hals wehtat. Ich war aufgeregt. Sollte ich mich einfach fallen lassen, einen Hechtsprung machen? Vorsichtig setzte ich mich an die Kante, schaute mich um, suchte andere Leute in Startpositionen. Dabei fielen mir die verschiedenen Vorrichtungen an den Rändern des Schachts auf. An diesen hingen Leute und ließen sich nach unten oder oben ziehen. Wie der alte Schlittenlift auf Wilde Wiese, dachte ich.

Da waren Expressseile, die rauf und runter eilten und Stränge in gemäßigtem Tempo. Manche benutzten diesen Service, stießen sich aber auf halbem Wege ab und schwebten in die Schachtmitte.

Während ich da saß und die mich umgebende Szenerie beobachtete, fühlte ich mich ganz plötzlich ganz unglaublich glücklich.

„Möchtest Du etwas zur Beruhigung? Dein Herzschlag ist plötzlich angestiegen."

„Dir ist der Grund egal, oder?"

„Gefühle zu deuten erfordert viele Ressourcen."

„Bedeutet?"

„Ohne sie könnte ich längst nicht so schnell und präzise agieren."

„Das wollen wir natürlich nicht."

„Ja."

Mit dem Ja stieß ich mich von meinem Balkon wie vom Beckenrand im Freibad. Von der Kante mit den Füßen zuerst.

Anfangs von dem Schwung etwas schneller, sank ich danach gleichmäßig abwärts. Überall war Bewegung. Angenehme Geräusche. Interessante Gerüche.

Leute, deren Köpfe an Schläuchen hingen, verlockende Vibrationen aus verschiedenen Wohnungen, Geschäften?

Ich dreht mich um die eigene Achse, während ich abwärts sank. So bekam ich aus den Augenwinkeln mit, wie sich aus der Tiefe des Schachtes etwas auf mich zu bewegte.

„Einen Moment, Mitbürger! Ich würde Sie gerne etwas fragen", traf mich eine zielgerichtete, synthetische Stimme.

Vor Schreck zappelte ich herum, wollte in Richtung Stimme schauen, aber der Impuls drückte weiter abwärts. Mich drehend.

Blitzschnell packten mich zwei Greifer, stoppten die Drehung und die Abwärtsbewegung, zogen den Rest ihres Körpers an mich heran. Eine Flunder mit zwei Greifern und einem Auge, das mich musterte und immer näher kam.

„Ich möchte Sie, laut Vorschrift fragen, ob Sie ihr Ohrsel absichtlich nicht tragen. Vielleicht haben Sie es ja auch vergessen."

„Mein Ohrsel. Ich wusste doch...", improvisierte ich einen vergesslichen Mitbürger.

„Kein Problem. Ich geleite Sie zu Ihrer Einheit. Hoch?"

Ich nickte, der Greifer hielt mich, und die Flunder zog mich sanft nach oben. Ich deutete auf meinen Balkon. Zielsicher setzte mich die Flunder dort ab. Wartete.

Strich auf die Wand, Tür geöffnet, eingetreten.

„Was ist ein Ohrsel?"

„Das Alpha und Omega dieser Welt."

„Aha. Und wo finde ich das?"

„Garderobe."

Ich ging in den zweiten Raum.

„Wo genau?"

„Neben der Klappe."

Neben der Kleiderklappe, das war mir vorhin nicht aufgefallen, pulsierte blass ein Viereck an der Wand. Ich drückte darauf und eine Schublade öffnete sich. Innen war ein Kästchen. In ihm lagen zwei seltsam geformte Gegenstände.

„Ohrsel", sagte die Haut.

„Was mach ich damit?"

„Sieh es als Äquivalent zum irdischen Smartphone."

„Fleischtechnologie?"

„Ja."

„Wohin damit?"

„Ohren."

„Äh."

Die Dinger hatten zwar oben die Größe von Kopfhörern, aber dieses faserige Gebamsel am anderen Ende sah seltsam aus. Hingen mir da Antennen aus den Ohren?

„Anders herum", sagte die Haut, als ich sie mit dem dicken Ende zuerst in die Ohren stecken wollte.

„Äh, sicher?"

„Sicher."

Also friemelte ich den ersten Ohrsel mit dem faserigen Ende zuerst in die Ohröffnung. Kaum hatte das Ohrsel Hautkontakt, erwachte es zum Leben.

Jede Faser, so erklärte mir später die Haut, durchdringe alles Gewebe, arbeite sich selbstständig bis zum Gehirn durch und docke an den richtigen Arealen an. Die Fasern seien so fein, dass keinerlei Verletzung entstehe, so dass man die Ohrsel auch problemlos wieder herausziehen könne.

Es war kein angenehmes Gefühl. Nicht schmerzhaft, aber unangenehm. Nachdem sich das Ohrsel eingerichtet hatte, war das Unangenehme verschwunden.

Ich konnte vor meinen Augen verschiedene Symbole sehen, die meinen Kopf umkreisten wie kleine Monde.

Ich versuchte, sie geistig zu bewegen. Nichts passierte. Vor lauter Anstrengung zuckten meine Tentakel, und als sie zuckten, bewegten sich die Monde.

Die Haut hatte Recht. Wie beim Smartphone, aber Ohrsel hin oder her, ich wollte raus in den

Schacht, die Umgebung erkunden.

Tür auf. Die Flunder war verschwunden.

Sicherlich schwebte sie in einer dunklen Ecke und überwachte die Ohren der Mitbürger.

Bis an den Rand des Balkons und eingetaucht in den Jahrmarkt der Schwerelosigkeit. Überall, wo ich jetzt hinschaute, schwebte unauffällig ein Info über Objekt oder Person. Es kam mir vor wie ein Sinkflug durch eine Mischung aus Bibliothek und Einkaufszentren mit Wohneinheiten.

Da gab es Boutiquen, die gesteigerte Intelligenz im Angebot hatten, kleine Läden für genetische Erweiterungen. Sinnesfreuden schienen sehr beliebt, da in mehreren Geschäften dafür geworben wurde.

Was ich nicht sah, waren Lebensmittelläden, Imbissbuden, blinkende Leuchtreklamen. Die Luft war angenehm warm, es roch jede Etage anders gut. Reges Treiben überall.

Einer der Monde in meinem Kopf glühte pulsierend. Ich tippte darauf.

Die neuesten Nachrichten in Stichworten und Bildern liefen transparent, fast nicht störend, vor meinen Augen ab.

Erdbeben, Explosionen, Unwetter, Berichte von

Großveranstaltungen, neueste, wissenschaftliche Forschungsergebnisse, mit dem Hinweis, diese jederzeit verinnerlichen zu können.

Es ging schon über fünf Minuten langsam abwärts. Kein Boden in Sicht. Kleine Maschinen wuselten herum, reparierten irgendetwas, sammelten den wenigen Müll auf.

Die Geräuschkulisse änderte sich. Da war ein tiefes Brummen, spürbar im Magen und je weiter abwärts ich sank, desto intensiver brummte es. Dann ein Luftzug von der Seite. Nicht stark, aber ausgerichtet, mit einem anderen Geruch.

Noch tiefer gesunken, und ein Luftzug kam von vorn. Noch tiefer. Plötzlich kam von unten eine Flunder hoch, platzierte sich direkt unter meinen Füßen und im Ohrsel summte es.

„Darf ich Ihnen behilflich sein", fragte die Flunder. „Ich bring Sie gerne zur Röhre ihrer Wahl."

Mit der Stimme im Ohr sprang ein Fenster mit einem Wegeplan auf. Der Schacht war deutlich zu erkennen. Ebenso Abzweigungen verschiedener Größe. Ganz unten, wo ich mich gerade befand, schienen die Größten zu sein. Ich tippte auf eine davon und sofort hob die Flunder mich sanft in die

Höhe, dem seitlich Luftzug und der Schachtwand entgegen.

Vor dem Eingang in die große Röhre ließ die Flunder mich sanft absteigen, nicht, ohne mir einen guten Tag zu wünschen.

Die Röhre war groß wie eine U-Bahn Röhre ohne U-Bahn. Dort war Schwerkraft und Lauf – und Sitzbänder in zwei Richtungen. Die Leute, die ankamen, fuhren bis zum Ende der Röhre und stießen sich dann nach oben ab.

Es herrschte reger Verkehr. Ich setzte mich auf einen erscheinenden Sitz, und prompt wurde der Wegeplan des Schachtes mit einem Netzplan der Röhre ersetzt. Los ging die Fahrt.Wenn ich den Plan richtig las, schlug die Röhre einen Bogen um den gesamten Komplex, um auf der gegenüberliegenden Seite des Schachtes zu enden.

Auch hier Abzweigungen oder Haltestationen.

Mein Kopf, ebenso andere Köpfe, wurden auf dem Netzplan winzig klein dargestellt und zeigte die aktuelle Position.

Auf´s Geratewohl tippte ich auf die dritte Abzweigung. Keine Ahnung, wie ich aussteigen sollte. Die Fahrt ging ziemlich schnell. Die

Abzweigung kam immer näher, die Aufregung stieg, aber mein Sitz wechselte einfach sanft und ruckelfrei die Spur im 90° Winkel und bog in die nächste, kleinere Röhre ein. Der Netzplan zeigte jetzt ein anderes, geometrisches Muster.

Langsam kam ich mir vor wie eine Rohrpostlieferung. Alles war angenehm, wohltemperiert, sauber, hell und einigermaßen öde.

Ich wollte doch raus, Luft schmecken, Wind spüren, Landschaft sehen. Am liebsten zu Fuß. Zu Fuß erspürt man viel mehr von der Umgebung. Und diese fliegenden Städte, die ich in Fizzens Fotoalbum gesehen hatte. Die wollte ich unbedingt sehen.

„Weißt Du, wie man an die frische Luft kommt", fragte ich die Haut.

„Du brauchst andere Kleidung", antwortete sie.

„Du kannst natürlich so raus, aber das wäre sehr auffällig."

„Wieso das?"

„Sandstürme, Flockenstürme, Toxstürme. Manchmal alles zusammen. Dann hilft auch Kleidung nicht mehr."

„Nette Gegend."

Ich scrollte mich durch das Ohrselmenü, fand den Wetterbericht und tatsächlich. Für heute wurden anhaltende Toxstürme vorausgesagt, sowie in einigen Arealen Flockenbildung.

Als ich bemerkte, wie frustriert ich darüber war, lachte ich laut und erschrak über das Geräusch meines Mundes.

Ich benahm mich wie ein Tourist auf einer Städtetour und mein Lachen klang wie schmatzender Schlamm.

„Hab ich die Kleidung für draußen zu Hause?"

„Ja."

Zurück zum Netzplan. Ich tippte auf mein Wohneinheitssymbol, und augenblicklich erhöhte der Wagen sein Tempo. Jetzt hatte es mehr von Bobfahren denn von Rohrpost. Trotzdem dauerte es eine Weile, bis der Wagen vor meinem Schacht verschwand und ich in die verringerte Schwerkraft geworfen wurde.

9

„Welche Kleidung würdest Du empfehlen?"

„Brille, Mundschutz, Mantel, was für den Kopf."

Ich stand an der Kleiderwand und schaute das

Angebot durch. Mantel, Mütze, Mundschutz waren kein Problem, aber welche Brille. War Frizz der Elton John dieses Planeten?

Ich entschied mich für eine Riemenbrille mit gepolsterten Gläsern.

Wieder dieses Summen und Klackern hinter der Wand, wieder dieser fremde Geruch, wieder waren alle Sachen nagelneu und warm.

Ich musterte mich im neuen Outfit, und das Spiegelbild zeigte mir eine aufrecht stehende Kröte, die aus einer Steampunkphantasie entsprungen war.

„Wie komme ich jetzt raus?"

„Wie beim letzten Mal."

„Versteh ich nicht."

„Strich an die Wand, öffnen, rausgehen, Fliegzeug rufen."

„Fliegzeug."

„Ja."

Strich, Tür auf, heftiger Wind mit viel Sand dieses Mal.

Das Ohrsel öffnete automatisch eine Landkarte.

Zahllose Objekte wie das, auf dessen Brüstung ich grad stand. Die Gegend war voll davon.

An den Randbezirken wurde es spärlicher, und

wenn ich die Zeichen richtig gedeutet hatte, gab es da draußen einen Fluss, der durch die Landschaft mäanderte.

Ich tippte darauf, es kam eine Bestätigung, und bevor ich mich fragen konnte, wie es wohl weitergeht, stieg das Fliegzeug vor mir auf, öffnete sich und wartete auf meinen Eintritt.

Keine sichtbare Sitzgelegenheit, aber das kannte ich schon. Einfach hinsetzten, Stuhl kommt.

Die Tür schloss sich, und die Maschine flog los.

Die Vorstellung, in ein selbstfahrendes Auto zu steigen, in der derzeitigen Verkehrssituation weltweit, mit diesen unzähligen Individualidioten, erzeugt eine unangenehme Aufregung in mir. Um so interessanter, dass ich in dem Fliegzeug überhaupt nicht beunruhigt war. Natürlich aufgeregt, neue Erfahrungen bringen so etwas mit sich, aber das unbedingte Vertrauen in die Haut hat mein Selbstvertrauen ungemein. Verstärkt. Sehr befreiend. Danke, Frizz.

Trotzdem war es mir nach kurzer Zeit kodderig in der Magengegend. Der Sturm beutelte das kleine Fluggerät. Es kratzte und knirschte an der Außenhaut, die Sicht lag fast bei Null.

Unter mir die Wohnsilos, alle an mehreren Stellen

miteinander verbunden, alle gleich. Keine Straßen. Soviel konnte ich erkennen. Kein Verkehr, was ich verstand. Wer wollte auch schon bei dem Wetter vor die Tür.

Was ich als Randbezirk bezeichnet hatte, schien eine langgestreckte, riesige Halle zu sein.

Dahinter eine Ebene, auf der Sandhosen tanzten, denen die Maschine geschickt auswich.

Die Sandhosen wurden weniger, die Ebene rissig, zerklüftet.

Aus den Rissen stieg Dampfähnliches nach oben. Beim Überfliegen wirkte es, als leuchtete es aus ihnen heraus.

Hinter der Ebene setzte das Fliegzeug zur Landung an, glich geschmeidig die Böen aus, setzte sanft auf und öffnete die Tür.

Der Sand im Wind war weniger geworden, die Geräuschkulisse erträglich. Die Böen allerdings waren tückisch. Zweimal riss es mir die Füße weg. Es roch metallisch, erinnerte mich an Ferienarbeiten in einer alten, ölverschmierten Fabrik für Metallteile aller Art.

Kein Aroma des Genusses.

Der Fluss ist kein Fluss.

Ich stand vor etwas Blauem, mit milchig-weißen

Einschüssen. Hart. Körnig. Gewölbt. Massiv.

Circa zwölf Meter breit zog es sich durch die unwirtlich Gegend. War es natürlichen Ursprungs?

Mein Ohrsel bezeichnete es lapidar als „Der Riss" und verwies mich, für weitere Informationen an die allgemeine Bibliothek.

Die Böen nahmen wieder zu, rissen an der Kleidung. Lesen konnte ich auch zu Hause. Hier war es mir zu ungemütlich.

Außerdem bekam ich Hunger und Durst.

Das Fliegzeug öffnete bereitwillig die Tür.

Ab nach Hause.

10

Was mag es über mich aussagen, dass ich eine Wohnung an einem fremden Ort, auf einem fremden Planeten, in einem weit entfernten Universum, wahrscheinlich in einer weit entfernten Galaxie nach ungefähr fünf Stunden als „zu Hause" bezeichne.

Nachdem mich das Fliegzeug wohlbehalten auf meiner Brüstung abgesetzt hatte, war mein erster Gedanke, wo ich etwas zu Essen und zu Trinken herbekäme. Vor allem, was?

Kaffee, den ich jetzt gut hätte vertragen können, gab es hier nicht. Kein Kaffee auf dem Planeten.

Wieder lachte ich mein schmatzendes Schlammlachen.

Bestimmt würde ich im Schacht etwas finden.

Auf dem Weg dorthin blieb ich für einen Moment vor der Medienwand stehen.Ein Abschnitt zeigte den „Riss", und durch die endlose Kamerafahrt bekam ich einen Eindruck davon, wie groß dieses milchig-blaue Etwas war. Ob es den gesamten Planeten betraf?

Das könnte ich beim Essen recherchieren, dachte ich, wenn ich denn etwas zu Essen finde.

Der Absprung in die geringe Schwerelosigkeit wirkte schon sehr einheimisch.

Prizzel-Brickel, Rummer-Blummer, Labsch-Basch.

Waren das Speisen, Restaurants oder Boxbuden?

Hier entzog sich vieles meinem Verständnis.

„Wo isst Frizz, wenn er hier ist?"

„Zu Hause oder im Dongel-Klock."

Langsam sank ich tiefer, verfolgte die Beschriftungen über das Ohrsel, bis ich fast auf Höhe der Röhre, in der ich schon war, das Dongel-Klock sah.

(Später fand ich heraus, das Prizzel-Brickel,

Rummer-Blummer oder Dongel-Klock der Name der jeweiligen Mahlzeit ist.)

Ich landete halbwegs wackelfrei auf dem Dongel-Klockbalkon und bekam sofort von einem freundlichen Gegenüber einen Platz angeboten. Keine Tische.

Gab es das Essen auf die Hand? Keine Speisekarte. Im Hintergrund fünf große Bottiche, in die jemand jeweils einen Eimer mit Irgendetwas hineinschüttete.

Die Aussicht in den Schacht war großartig. Langsam herabsinkende Körper, hier und da eine Flunder, schnell heraufsteigende Körper, angenehme Geräuschkulisse.

Ich war so vertieft in den Anblick, dass mir der Auftritt der fünf Schläuche, über mir, völlig entgangen war. Plötzlich baumelten sie vor meinen Augen. Das Ohrsel stellt die jeweilige Beschriftung.

„Äh", sagte ich stimmlos zur Haut. „Äh.."

„Fünf Gewürzstufen. Von Natur bis Napalm."

„Und dann?"

„Knubbel links von der Mitte."

Ich griff zu dem zweiten Schlauch, in der Hoffnung, die Gewürzsteigerung sei von links aufwärts angeordnet. Aber was meinte die Haut mit „Knubbel links von der Mitte"?

In der Mitte des Gesichtes war ein einlöchriger Knubbel, durch den atmete ich, darunter der Knubbel konnte Laute, wie mein Schlammlachen, hervorbrigen.

Links von der Mitte war auch ein Knubbel mit einer Öffnung, Funktion bislang unbekannt.

Der Schlauch fühlte sich, nun ja, irgendwie lebendig an. Er zuckte, als ich ihn griff und pulsierte, Es erinnerte wirklich an einen männlichen Schwellkörper.

Je näher die Spitze des Schlauches dem linken Knubbel kam, desto lebendiger wurde sie. Ich ließ sie gewähren, und mit einem einsaugenden Geräusch dockte der Schlauch an den Knubbel an.

Es floss Geschmack milder Schärfe in meinen Kopf, durch ihn hindurch in den Körper.

Es war sättigend und durstlöschend in einem, war aber in keinster Weise ein Genuss. Es war sehr funktionell, aber mit guter Aussicht.

Sobald die Füllhöhe erreicht war, stoppte der Schwellkörper das Pumpen.Ich brauchte ihn kaum herauszuziehen, nur leicht anstupsen. Der Schlauch löste sich geschmeidig und zog sich zu den anderen Schärfegraden zurück.

Kein Tropfen ging verloren, kein Kleckern versaute mir den Anzug, und es war ganz bestimmt eine interessante Erfahrung, Nahrung aus einer Zapfsäule zu bekommen. Geschmacklich nicht wirklich eine Offenbarung. Pampe natur über Pampe laff bis Napalm bleibt immer auch Pampe.

Kein Dessert, kein Aperitiv, kein Salat oder Gemüse, nichts Prickelndes zu trinken.

Vorsichtig tastete ich meinen Kopf ab. Wie viele Knubbel hatte ich überhaupt mit welcher Funktion? Auf der rechten Seite war einer, am Hinterkopf war einer, links für Nahrung, Mitten unten zum Reden, darüber zum Atmen. Darüber zwei Augen, zwei Löcher rechts und links davon die Ohren. Weitere Öffnung fand ich nicht am Kopf.

War mir eigentlich klar, was für ein Geschlecht ich hatte? Männlich, weiblich, ich konnte es nicht bestimmen. Und wenn ich die auf- und abschwebenden Personen betrachtete, war es mir auch da nicht möglich, eine Geschlechtsbestimmung zu machen.

Ich erhob mich, ging an den Rand des Schachtes

und stieß mich ab.

Da werde ich nie genug von bekommen.

Bewegung in geringer Schwerelosigkeit. In Ruhe genossen, verleiht es Eleganz, zappelt man herum, verliert man die Kontrolle.

Wie reproduzierten sie sich bloß? Eier? In vitro? Gab es so etwas wie Lust? Sexuelles Vergnügen? Und was hatte es mit diesem Riss auf sich. So viele Fragen.

„Wo kann ich gezielt Wissen über diesen Planeten bekommen", fragte ich die Haut, während ich mich vor die Medienwand setzte.

„Oberflächliche Informationen übers Ohrsel, fundiertes Wissen in der Wissensbank."

„Die ist wo?"

„Hier. Da. Überall."

„Wo hier?"

„Drück zweimal den An-Knopf."

Das tat ich. Der gezeichnete Knopf bekam Dreidimensionalität, formte sich zu einem ähnlichen Schlauch wie im Dongelklock und pulsierte.

„Wohin?"

„Hinterkopf."

„Ernsthaft?"

„Hinterkopf. Setzen."

Vorsichtig ließ ich mich nieder. Hinterkopf. Irgendwie fand ich das doch speziell.

Nahrungszufuhr? Ok. Aber was kam jetzt? Kaum in der Nähe des Knubbels dockte der Schlauch an und augenblicklich befand ich mich in einem farblosen Indexraum mit Zugang zu dem gesamten Wissen des Planeten.

'Der Riss', sagte ich in Gedanken und wurde sofort mit einer immensen Flut von Informationen überschwemmt. Es war faszinierend und erschreckend zugleich, wie das Wissen in den unterschiedlichen Arealen des Gehirns verankert wurde. Bevor die Flut verebbte, wurde ich bewusstlos.

11

Als ich wieder wach wurde, wusste ich alles über den Riss.

Wie durch Raubbau die Stabilität des Planeten gefährdet wurde und beinahe auseinanderbrach. Druckschwankungen in verschiedenen Erdschichten, Bodenanalysen, chemische Formeln, unter anderem die des blauen

Klebeschaums, auf dem ich gestanden hatte.

Fakten über Klimaveränderungen; sie hatten in der Vergangenheit mit ihrem Planeten richtig übel mitgespielt, was zur Folge hatte, dass, bis jetzt, kein öffentliches Leben unter freiem Himmel möglich ist. Und sie haben den Nürnberger Trichter perfekt realisiert.

Alles Wissen, was ich mir dort angeeignet habe, ist fest im Langzeitgedächtnis verankert. Als hätte ich es in jungen Jahren an der Schule gelernt und genutzt.

Das ist ziemlich großartig.

Ich erwachte, weil mein Ohrsel brummte, was, da es im Schädel geschah, mich doch einigermaßen erschreckte. Schon mal ein vibrierendes Gehirn gehabt? Eigentlich ganz angenehm, wenn man nicht unvorbereitet davon geweckt wird.

Hinter den geschlossenen Augenlidern pulsierte es bläulich-grün, und als ich die Augen öffnete, war es das Wissensicon, welches vor meinen Augen zappelte wie ein aufgeregtes Kind, dass es nicht erwarten kann, die Botschaft der Verfügbarkeit neuester Forschungsergebnisse zu verkünden.

Ich drückte es weg. Das Vibrieren stoppte.

Die Medienwand zeigte weiterhin Bilder, und es dauerte einen Moment, bis ich realisierte, dass sie deswegen anders wirkten, weil es draußen dunkel war.

Wie sah hier die Nacht aus?

Ich schob einen fenstergroßen Teil der Außenwand beiseite und war umgeben von einem tosenden Sturm im finsteren Schwarz.

Nette Nacht, dachte ich. Wie sah es jetzt wohl im Schacht aus? Wie hoch reichte der eigentlich?

Auf meinem Balkon stieß ich mich mit Kraft ab, schoss nach oben, nutzte eine Flunder, um die Richtung zu ändern, griff ein Liftseil und ließ mich weiter nach oben transportieren.

Der Schacht ist mit einer transparenten Kuppel gedeckelt. An klaren Nächten ein toller Ausblick auf zwei Monde und einen Haufen Sterne.

In der Nacht war heftiger Flockensturm.

Wie Libellen vor ein Motorradhelmvisier bei hohem Tempo, klatschten und zerplatzten Flocken auf dem durchsichtigen Deckel. Fleißige Kleinstlebewesen wuselten außerhalb herum und reinigten jeden verschmutzten Abschnitt.

Spannend aber waren die Personen, die in unregelmäßigen Abständen, in Löffelstellung, mit der rechten Seite nach oben, an Schläuchen hingen.

„Wofür ist das?"

„Pflege sozialen Sexualverhaltens."

„Wie bitte?"

„Du hast richtig verstanden."

Als würde es einen leichten Sog nach oben geben, schwebte ich höher, und noch ehe ich mich versah, dockte ein Schlauch an und drehte mich sanft auf die Seite. Ab da wurde es spooky.

Ich war von Jetzt auf Gleich sexuell erregt auf nie erlebte Weise. Alles geschah auf geistiger Ebene. Eine sexuelle Stimulation aller Zellen, Direktverdrahtung mit dem Lustzentrum. Ich zersplitterte in Milliarden orgasmischer Fragmente. Dann durchfuhr mich eine Idee. Dann würgte ich etwas heraus. Alles wurde weiß. Dann tat mein Herz einen letzten Hopps, und ich starb.

„Ganz ruhig", sagte die Haut, als ich von den Toten zurückkehrte.

„Ich hab Dein Herz mit einem gezielten Impuls wieder ans Schlagen gebracht. Jetzt nicht wundern

Ich verstand kein Wort.

Ich wurde mit dem Gesicht nach oben gedreht.

Der Schlauch, zuvor in meiner Seite, harrte vibrierend vor dem Eingriff des Kaftans, schlängelte sich in den Spalt, holte vorsichtig ein Ei aus meiner Innentasche und verschwand in der transparenten Decke.

Ich war völlig erschöpft.

„Du hast mit knapp 700 Millionen Personen gleichzeitig Sex gehabt und den allgemeinen Brutstätten ein Ei hinzugefügt."

„Was?"

„Tipp im Ohrsel auf Deine Wohnung. Eine Flunder bringt Dich heim.

12

Ich erwachte mit einem ausgehungerten, aufgeladenen Körper und Geist.

Etwas tun. Nahrung. Aufstehen. Vom Balkon springen. Im Rummer-Blummer landen, am dritten Schlauch andocken, zack, satt. Frühstück fertig.

Als ich durch den Schacht zurück schwebte, änderte sich meine Wahrnehmung. Alle Personen waren mit einem glänzenden Schein umgeben, der Blasen absonderte. Überall glänzende Blasen. Wenn sie zusammenstießen, lösten sie sich in tausende Funken auf und erloschen.

„Heiliges Blechle," murmelte ich.

„Nein", korrigierte mich die Haut. „Rumma-Blummer."

„Das liegt am Essen?"

Es war schwer, in dem ganzen Blasen- und Funkengewimmel einen klaren Gedanken zu fassen.

In der Wohnung war es besser. Alles hatte zwar diesen Schein, aber keine Blasen, keine Funken außer meinen.

„Darf ich Dich etwas persönliches fragen?"

„Bin ich eine Person?"

„Vielleicht nicht. Aber ganz sicher eine Persönlichkeit."

„Danke. Ja."

„Kurz bevor Du mich wiederbelebt hast, gab es einen Moment, da wusste ich ganz genau, was zu tun ist."

Die Haut schwieg.

„Gibt es Aufzeichnungen darüber, wie Du entstanden bist?"

„Ja."

„Könnte ich das Experiment wiederholen?"

„Ja."

„Möchtest Du einen Artverwandten haben?"

„Du willst eine eigene Haut."

„Ja."

„Einverstanden. Das wird interessant."

Zwei meiner Wahrnehmungsblasen stießen zusammen. Funkenregen.

„Ein Exemplar des Fluidums liegt noch unbelebt im Labor."

„Wie muß ich vorgehen?"

„Behutsam. Entferne das Ohrsel."

Wieder dieses seltsame Gefühl von innerem Kneten und Massieren.

„Du brauchst Deine eigene Gestalt."

Sie wies mich an, aus dem Labor eine Kartusche zu holen, dann, mein oberes Kleidungsstück abzulegen, die Kartusche vor meinen Bauchnabel zu drücken und sie mit einem Dreh zu öffnen.

Wie kühles Öl in fast fester Form schmiegte es sich in meine Bauchgegend, um von der Haut begrenzt und eingeschlossen zu werden.

„Gib jetzt Deinen Safeplace ein."

Das tat ich, und schon waren wir im schwärzesten Schwarz aller Zeiten. Das Öl erwärmte sich an mir, während dunkle Materie langsam von außen in es eindrang, es auffüllte, bis es mit einer kleinen Peristaltik zum Leben erwachte.

Dann stand ich in meinem Wohnzimmer.

„Du bist ja oberpünktlich", begrüßte mich Frizz, der mit einer Tasse Kaffee im Garten stand und älter wirkte.

„Hatten wir einen Termin?"

„Morgen sind die drei Jahre vorbei."

Ich reagierte verblüfft. War ich so lange in seiner Heimat gewesen?

„Bekomme ich jetzt mein Smartskin zurück?"

„Natürlich. Aber vorher muss ich Dir etwas erklären."

„Nicht nötig." Seine Augen blitzten und lachten, während er sein Hemd auszog und meine Unterarme griff.

„Bis dann", sagte die Haut. „Es war schön mit Dir."

Sie prickelte aus meinen in Fizzens Arme. Gleichzeitig spürte ich, wie das Etwas in meiner Bauchgegend sich regte, sich ausbreitete, um mich komplett zu bedecken.

„Das hast Du gut gemacht. Kaffee?"

Wolfgang Weist, geboren 1958, gelernter
Raumausstatter, kamüber dem Zivildienst in einem
Altenheim nach der Ausbildung zum Kabarett, dann zum
freien Theater im Ruhrgebiet, dann zum
experimentellem Theater mit Margo Lee Sherman in
Europa und der damaligen Sovjetunion, später
Zusammenarbeit mit Peter Möbius am Klex-Theater in
Hamburg bis zu dessen Schließung, arbeitete als
Fahrradkurier, als Garten-Landschaftsbauer, als Jornalist
und Fotograf, als Betreuer in einer
Behinderteneinrichtung, organisierte und leitete
tagestrukturierende Maßnahmen für SeniorInnen mit
einer Behinderung, erarbeitete in verschiedenen Grund-
und Hauptschulen mit SchülerInnen diverse
Theaterinszenierungen, schrieb und inszenierte 2016
das Stück: "Filiale 43 3/4" , leitet jetzt wieder die
Jugendabteilung der KatastrophenKultur e.V.

Ausserdem erschienen:

Galzmann, ISBN 978-3-7357-2131-0